送給孩子的字

張大春　著

〈代序〉教養的滋味

張大春

身為一個父親，那些曾經被孩子問起：「這是甚麼字？」或者「這個字怎麼寫？」的歲月，像青春小鳥一樣一去不回來。我滿心以為能夠提供給孩子的許多配備還來不及分發，就退藏於而深鎖於庫房了。老實說：我懷念那轉瞬即逝的許多片刻，當孩子們基於對世界的好奇、基於對我的試探，或是基於對親子關係的倚賴和耽溺，而願意接受教養的時候，我還真是幸福得不知如何掌握。

那一段時間，我寫了《認得幾個字》的專欄，其中的五十個字及其演釋還結集成書，於二〇〇七年秋出版。美好的時日總特別顯得不肯暫留，張容小學畢業了，張宜也升上了五年級。有一次我問張宜：「你為甚麼不再問我字怎麼寫了？」她說：「我有字典，字典知道的字比你多。」那一刻我明白了：作為一個父親，能夠將教養像禮物一樣送給孩子的機會的確非常珍貴而稀少。

孩子學習漢字就像交朋友，不會嫌多。但是大人不見得還能體會這個道理。所以一般的教學程序總是從簡單的字識起，有些字看起來構造複雜、意義豐富、解釋起來曲折繁複，師長們總把這樣的字留待孩子年事較長之後才編入教材，為的是怕孩子不能吸收、消化。

但是大人忘記了自己還是個孩子的時候，對於識字這件事，未必有那麼畏難。因為無論字的筆畫多少，都像一個個值得認識的朋友一樣，內在有著無窮無盡的生命質料，一旦求取，就會出現怎麼說也說不完的故事。

我還記得第一次教四個都在學習器樂的小朋友拿毛筆寫字的經驗。其中兩個剛進小學一年級，另外兩個還在幼稚園上中班，我們面前放置著五張「水寫紙」——就是那種蘸水塗寫之後，字跡會保留一小段時間，接著就消失了的紙張——這種紙上打好了紅線九宮格，一般用來幫助初學寫字的人多多練習，而不必糜費紙張。我們所練寫的第一個字是「聲」。

拆開來看，這字有五個零件，大小不一，疏密有別，孩子並不是都能認得的。不認得沒關係，因為才寫上沒多久，有些零件就因為紙質的緣故而消失了，樂子來了。一個比較成熟的小朋友說：「這是蒸發！」

我還沒來得及告訴他們：「聲」字在甲骨文裡面是把一個「磬」字的初文（也就是聲字上半截的四個零件）加上一個耳朵組成；也沒來得及告訴他們：這個「磬」，就是絲、竹、金、石、匏、土、革、木「八音」裡面最清脆、最精緻，入耳最深沉的「石音」；更沒來得及告訴他們：這個字在石文時代寫成「左耳右言」，就是「聽到了話語」的意思。

這些都沒來得及說，他們紛紛興奮地大叫：「土消失了！」「都消失了！」「耳朵還在！」

既然耳朵還在，你總有機會送他們很多字！

〈推薦序〉

小學的體溫

阿城

一九九二年我在臺北結識張大春，他總是突然問帶他來的朋友，例如：民國某某年國軍政戰部某某主任之前的主任是誰？快說！或王安石北宋熙寧某年有某詩，末一句是什麼？他的這個朋友善飲，赤臉遊目了一下，吟出末句，大春訕訕地笑，說嗯你可以！大春也會被這個朋友反問，答對了，就哈哈大笑；答不出，就說這個不算，再問再問。我這個做客人的，早已驚得魂飛魄散。

張大春的《送給孩子的字》（編註），目錄上看起來無一字不識，翻開來是父親教兒女認字，但其實是小學，即漢代的許（慎）鄭（玄）之學，再加上清朝的段玉裁。章太炎先生當年在日本東京教授小學，魯迅、周作人兄弟趨前受教。對於中文寫作者來說，漢字小學是很深的知識學問。如果瞭解一些其中的知識，千萬不要像前面張大春那樣考別人，如果別人反考你，即使是最熟悉的字，也有你完全想不到的意義在其中。

所以這是一本成人之書，而且是一本頗深的成人之書。但很有意思的是只要你翻看這本書，就會一直看下去，因為這裡有兩個小孩子，一個叫張容，一個叫張宜。是的，你會認為兩個小孩子的名合起來是「容易」的意思。大春當然也很謙虛地稱這本書「只認得幾個字」。把那麼不容易的內容講給大春自己的一兒一女，他們的反應是讀者最關心的，也是這本書最吸引人的地方。說實在，我認為這兩個小孩子相當慓悍，原因在於初生牛犢不怕虎。

讀這本書時會疑惑，究竟我們是在關心漢字文字學，還是在關心父、子、女的關係？讀完了，我告訴自己，這是一本有體溫的書。文字學的體溫。當年章太炎先生教小學，也是有體溫的，推翻帝制的革命熱血體溫。

不過令我困惑的是這樣一本繁體字的書，如何翻印成簡體字而得讓不識繁體字的人讀得清楚？

絕大多數擁護簡體字的人說出的簡化中文字的理由是方便書寫，這意味著這部分人將中文字僅視為工具。我認為這是一大盲點，既是盲點，早晚是要吃虧的。中國歷史上第一次公開提倡使用簡體字的人是陸費逵，一九〇九年（到今年正好一百年），他在《教育雜誌》創刊號上發表《普通教育應當採用俗體字》。一直到一九五六年一月二十八日，《漢字簡化方案》經漢字簡化方案審訂委員會審訂，由國務院全體會議第二十三次會議通過，三十一日在《人民日報》正式公佈，在全國推行。這一年，我上小學一年級。

如果說上述旨在文字簡化，就錯了，文字簡化只是階段，最終目的在文字拼音化。一九五〇年，毛澤東說過：「拼音文字是較便利的一種文字形式。漢字太繁難，目前只作簡化改革，將來總有一天要作根本改革的。」但早在上世紀初，對於中文羅馬字母化，趙元任就曾做一篇《石氏弒獅》

諷刺過。

對於中文作家來說，中國新文化運動的前輩們，積極推動白話文，推動簡體字，推動中文拉丁字母化，還有一項現在不提了，就是大眾語，也就是「我手寫我口」。魯迅先生是積極的支持者。當時還有世界語運動，我小時候甚至也接觸過世界語，因為自己笨而失望，中斷了。

拉雜寫這些，是由張大春此書編輯出版簡體版而發。我認為文字，中文字，只將它視為工具，是大錯誤。中文字一路發展到現在，本身早已經是一種積澱了，隨著文化人類學的發展與發現，這種積澱是一筆財富，一個世界性的大資源。這一點，在大春的這本書裡，體現得生動活潑，讓我們和書中的兩個小孩子一起窺視到中文字的豐富資源。一個煤礦，一個油田，一畝稻子，我們知道是資源，同樣，中文字也是資源，不可廢棄。

只有將中文字視為一種資源，我們才能從繁簡字的工具論的爭辯中擺脫出來，準備成為現代人。

感謝大春寫了這樣一本書。

編註：本文為二〇〇八年《認得幾個字》簡體版出版時，收錄書中的專序。簡體版《認得幾個字》收錄了本書及印刻出版社所出版的《認得幾個字》所有字。特說明之。

【目次】

part2

失而復得的字

part3

很難學的字

part4 送給孩子的字

在裡面啊！」

「除了地名以外呢？」

「『愛之味』的『愛』也沒有表達情感，它是品名。」

「『恨』呢？」

「『恨』很強烈，而且沒有別的地方會用這個字，除了真的『恨』，沒有別的東西會用『恨』來當符號。」

我猜想孩子已經在他們的直覺裡發現了我們用字的成見、甚至意識型態。人們使用語言，對於美好、幸福、愉悅、歡快……的嚮往和耽溺總令我們將表達這些情態的符號無限延伸，使之遍布成生活的名相。從而，它們反而不準確了。孩子察覺了這一點，卻不勞抽象性地分析或演繹。他們很直接，要問他們情感方面的事，答案總是一翻兩瞪眼。

PART 1
有情感的字

張容在小學畢業之後的暑假裡經常保持無所事事的狀態，他說多睡和多吃蛋白質食物一樣重要，練琴只練八分鐘，發呆和看漫畫的時候已經具體呈現了公務人員上班期間的神情儀態。我忽然靈機一動，跟他說：「來談談字吧。」我有了題目——

「你覺得最有情感的字是甚麼？」

「『恨』吧？」

「為甚麼不是『愛』呢？」

「『愛』這個字可能會在其它地方出現，所以不準確、不集中，情感就不完整了。」接著他表示：既然要說「最有情感」、「最能表現情感」，那麼這個字就應該只能表達這個字的意思。

「可以舉一個『愛』不表達『愛』的例子嗎？」

「像愛爾蘭、愛丁堡。」

「翻譯的地名不能算罷？」

「當然算啊，它不就是個『愛』字嗎？可是並沒有情感

喜

跟著大家高興

小兄妹經常會發掘一些大人永遠不能明瞭其來歷的話題，「喜歡和討厭的字」是其中之一。

張容喜歡「讀」字（以及所有「言」字偏旁的字）、喜歡「書」字、喜歡「畫」字、他認為筆畫繁複的字比較均勻，他還喜歡「融」字——我認為這和他的好朋友叫「吳秉融」有關。他不喜歡「買」字，也不喜歡「為」字，因為字中的「點劃」常讓他有不知如何「分配空間」之感。張宜的好惡標準則不太一樣，她喜歡「爸」、「媽」和「妹」字，因為這些都是家人的稱呼——但是不包括「哥」字；她還喜歡「筆」字和「搖」字，因為「筆」字看起來很「正式」，「搖」字則包含了媽媽名字的一部份。她不太喜歡「國」字，因為「明明是方方正正的字，裡面卻有人歪歪扭扭搗亂」。兄妹倆都不喜歡「麼」字和他們的姓氏——「張」字；因為「麼」字「真的很醜」，而「張」字則「比『麼』字還醜」。

和孩子們聊起這種毫無知見深度的話題，總讓我回想起自己在多少年前發現這世界之初所感受到的的迷惑與情趣；讓我回到自己構築成見的開始。我在唸小學三年級的時候，也曾經用一整本練習簿分兩頭抄錄了自己喜歡和討厭的字。時隔四十多年，猶記得討厭的字中包括了「七」、「九」、「氣」、「沈」、「堯」……有的是因為字形難以工整，有的因為筆畫傾側歪斜，有的甚至是因為令人討厭的同學姓名之中有其字，原因不一而足，成見卻堅持了許久。直到上了中學，我還一直懷疑：作為一位聖王的「堯」，一定有甚麼重大而不為人知的惡行。

除了有太多「點點」的「氣」字和「沈」字，張容對於我所討厭的字很不以為然，他覺得「堯」一看就是一個「端端正正坐在那裡的好人」。我說是的，喜歡、不喜歡這種事常常是不講道理的。張宜搶著說：「我也喜歡『喜』！」

「為什麼？」

「我喜歡喜歡的感覺，不喜歡不喜歡的感覺。」

「你知道『喜』是跟著大家一起高興的意思嗎？」

「我不喜歡跟著大家高興，我喜歡高自己的興。」張宜說著，開始出現了不很高興的表情。

可是，從根源上看，中國人的「喜」原本並不是描述個人情感或性向的字。「喜」字的上半部讀作「壴」，是陳列樂器支架的象形符號，底下的口表示唱歌，整個字比合起來看是「應聲而歌」的意思。也就是說：跟隨著音樂的節奏而歌唱，出於

送給孩子的字

一種「和」的情感，用之於慶典之類的儀式，這種愉悅的情感是被喚起的、是與他人共之而產生的，換言之：是「從眾」的。「取鼓鞞之聲歡」，用今天的話來形容：將氣氛炒熱鬧了，引起大家的談笑興致。這個字，大約到了春秋時代以後，才漸漸有了「個人愛好」的用法；所以孔夫子「晚而喜易」，很難說是追逐眾人之流行。

我沒提孔夫子，衹把甲骨文裡的鼓架子畫出來，底下再畫上一張發出歌唱音符嘴，故意說：「這是沒辦法的事，你看我們過年說『恭喜』，節日叫『喜慶』，都是跟著大家一起高興的意思。」

「我不喜歡跟大家一起高興——」她大聲起來：「我也不喜歡跟你姓，你的姓很醜！」

「你已經姓張了，能怎麼辦呢？」

「我要去找立法委員！」

笨

用來輕視人之無用

張容問我：「為什麼『笨』要寫成這個樣子？」

這是一個包含了很多疑惑的問題。為什麼「笨」有一個竹字頭？為什麼「笨」要有一個木的根（本）？一個「竹」、一個「本」，跟人聰明不聰明有甚麼關係？

明代的陳繼儒，號眉公，是與董其昌齊名的書畫家，他所寫的札記《枕譚》有這麼一則，是藉著朱熹罵諸葛亮而反罵朱熹的：「笨，音奔，去聲。粗率也，《晉書》豫章太守史疇肥大，時或目為『笨伯』。《宋書．王微傳》亦有『粗笨』之語。《朱子語錄》云：『諸葛亮只是笨。』不知笨字，乃書作『坌』，而以音發之。噫！諸葛豈笨者耶？字尚不識，而欲識評諸葛乎？」

諸葛亮是胡適之所謂「箭垛式的人物」，千古以下，猶集物議，多是論者要攀著這份熱鬧出頭而已，是以斥諸葛亮之笨者恐怕不比稱諸葛亮之智者少。當初司馬懿就曾經以「孔明食少事煩，豈能久乎？」而採取了耗敵的長期戰略。魏延主張以兩軍分出斜谷、子午谷夾取長安的計策，也在「諸葛一生唯謹慎」的顧慮之下胎死腹中。後世更不斷地出現種種考評，謂諸葛亮自成黨羽，誅伐異端，隳頹了西蜀的統一大業。

我非三國迷，不迷即不便為古人操心。我所好奇的是陳繼儒以為朱熹「連字都不認識」這句話對嗎？以陳繼儒所見，朱熹罵諸葛亮而用「坌」代「笨」，有沒有說法？

在《周禮》和《儀禮》所記錄並注解的「坌」，不是盛血就是盛水，按諸古字書《急就篇》所載，盆和缶是同一類的兩種盛水之器，缶（即盎）是「大腹而斂口」，盆則是「斂底而寬上」。較諸許多形製繁複、裝飾和用途都比較多樣的器皿來說，的確簡單得多。那麼，用「盆」以代「笨」，會不會也有聲言其粗疏、而非指責其愚蠢的意思呢？

「笨」這個字與「愚蠢」相提並論其實不無可疑。它原來是用以表述「竹白」的一個字。段玉裁在注解《說文》的時候聲稱：竹子的內質色白，像紙一樣，相較於竹的其它部位，又薄又脆，不能製作器物，實在沒有甚麼用處。那麼，讓我們回頭看看陳繼儒所引的文字，那是出自《晉書．羊聃傳》。原文是將昏庸無用的史疇與另外三個看來也沒甚麼好風評的人物連綴起來，時人稱為「四伯」——另外還有一個食量極大的大鴻臚（國際事務官）江泉，被呼為「穀伯」，一個狡猾成性的散騎郎張嶷是「猾伯」，至於傳主羊聃，因為個性狠戾而被呼為

「瑣伯」（瑣，原意為細碎，引伸作人格卑劣）。並且用他們和遠古時代得「四凶」相比擬。

「所以，」我跟張容說：「『笨』從來不是說頭腦不好、智商不足。它就是拿來輕視人沒有『用處』而已。那是中國人太講究社會上的競爭、階級上的進取，不相信沒有用處的用處、不認同沒有目的的目的，所以乾脆把『缺乏實際的功能』和我們最重視的『智能』劃上了等號，彷彿做一件不能有現實利益的是就意味著人的智能不足了。」

「可是我並不想做一個多麼有用的人呀。」

「那你可聰明了。」我說。

「為什麼？」

「讓我們開始讀讀《莊子》罷！」

匚

方形的容器

張宜教我區別了兩個部首。

我知道這個經驗很難透過電腦打字所寫的文稿傳遞給讀者，但是我想試一試。

就在張宜正式開始學國字的那一天晚上，她趴在桌上，抱著新到手的國語辭典，一行一行地查看著部首，忽然間對我說：「這個字（匚），跟這個字（匸）不一樣。」

那是緊緊相鄰的兩個部首。前一個國音讀「方」，後一個國音讀「夕」。仔細辨識，兩個部首的差異還真不少。前一個左上角封口處的兩劃相接，既不透空、也無參差，像是一個完整密合的直角。但是後一個的左上角就不同了，作為第一劃的「一」還稍微突出於第二筆的直劃。另一處不同的是前一個字的左下角和左上角一樣，是方筆正折的直角；後一個字的左下角則略近於圓筆。根據字典進一步的說明：兩字收筆也不同，前一字末筆與第一筆等長；而後一字的末筆非但突出一些，還應該帶一點向下彎曲的尾巴。我從架上翻下自己常用的大字典再一看，讀「匚」的第二個「匸」居然另有讀音，同國音的「喜」。

讀「方」的「匚」就是方形的容器，在甲古文、金文裡就有了。但是讀「匸」或「喜」的「匸」在金文中僅有一例，意思竟也同於讀「方」的字，就是指「容物之器」。直到小篆時代，分化了意義之後的第二個讀音的「匸」字才出現——在東漢許慎的《說文》中，這個字的確長了一根小小的、向下彎垂的尾巴，意思是「有所挾藏」。

小學生用的字典裡，前一個「匚」部祇收了「匝」、「匡」、「匠」、「匣」、「匪」、「匯」、「匱」等七個字；後一個「匸」部也祇收了「匹」、「匿」、「區」、「匾」等四個字。較大的字典裡，前者還多收了「匜」、「叵」、「匹」、「匭」四字；後者則多了「医」字。這兩個部首的「字丁」都不算興旺。

在以部首分別所屬的眾多中國字中，這兩個部首的確堪稱是極小的族群，然而造字、用字的人顯然有其不甘混同的講究。我們可以推想：後一個「匸」字很可能是從前一個「匚」字裡分化出來的，人們先有了表述「方形的容器」的字，再從這容器的命意之中發展出「遮蓋」、「掩蔽」、「藏匿」的種種用法；但是，基於一字一義的原則，祇好將形符稍作變化，以示區分。

但是這區分畢竟抵擋不住書寫工具迅速發展之後更強大的俗寫簡化趨勢。比方說，原本屬前一個「匚」部、左下角應作方筆的「匱」，到了晉代王羲之的筆下就成了圓角，而早在漢代就寫成的隸書〈袁良碑〉上，左下方該作圓角、屬於第二個「匸」（讀夕或喜）部的「匹」字非但寫成了方角，還是個帶尖的銳角。這讓我不禁想到一個有趣的問題：分化字形、確立字意，似乎是一個一個的字在生命初期的必然經歷，一經人們長期、大量書寫，字形的分別、字義的確認，似乎已經不如這字在使用上的簡明、便利甚至美觀來得重要了。人在不同的生命階段有著不同的學習旨趣，字亦如此。

張宜聽完我的解釋，似乎很滿意，說：「我學寫國字第一天就教會你這兩個字。」

「是要謝謝你。」我說：「不然可能我一輩子都不知道這是兩個不同的字。」

「我覺得你還應該更認真一點。」她趴回桌上，抱著字典繼續找，看看還有甚麼能教我的。

怪

好奇心情的變化

我推測全世界各地的古人都比現代人經得起折騰。從一個多世紀以前整理、出版的許多知名童話故事可以得知：這些經由蒐集復改寫的故事多半保留了千百年來民間故事裡大量殘忍的情節、驚悚的情境以及暴烈的情感，幾乎沒有一個民族會擔心這樣的故事或可能嚇著了孩子、帶壞了孩子、扭曲了孩子。比較起來說，在過去漫長的人類歷史裡，大部分的成人用床邊故事使孩子在恐懼中緊緊閉上雙眼、沉沉睡去，似乎是天經地義之事。

恐怖故事在中國，不是為了嚇唬孩子而說的。比較有教養的階級，更以一種律己的態度不宣講這些玩意兒。在佛教故事盛行於中土之前，孔老夫子的明訓大約相當有效——《論語・述而》云：「子不語怪、力、亂、神。」儘管有一個說法是認為孔夫子的語言潔癖僅及於「怪力」和「亂神」，我們仍難以想像：孔夫子曾經為了哄孔鯉睡覺而跟他說些幽靈故事。

「怪」這個字，很怪！這個字的草書往往寫作「恠」。不過，在小篆、隸書到楷書裡的「怪」字，右半邊的字根卻是「圣」（讀音為『窟』），上面這個「又」是手的意思，所以有一個說法是：「以手治土」（也就是「致力於地」的意思），由於不論種植百穀、建築宮室，都會改變土地的原狀，「成物之後，與土地原貌相較，頗見其異」於是，這就變成了怪字的用意。這個解說十分迂曲，起碼我不太能服氣。

我自己則有另一個看法：這是一個形聲兼會意字。左邊的「心」是意符，右邊的「圣」既是聲符，也必須和「心」這個偏旁統合起來、一併見全字之意。手在土上，並非尋常致力於栽植、建築之類的工作，而是特指發掘埋藏之物。埋藏在土中之物，會是甚麼呢？在開挖之前，我們祇能想像（用心），而不會知道，我們祇能夠好奇。無論想挖掘出甚麼，那無知的好奇狀態都會因挖掘的結果而改變；或許，果如所料地挖出了我們所寄望之物，或許，挖出了令人喜出望外或大失所望的東西，那原先的好奇之心必然會隨著客觀所現之物而變化。怪，就是這個好奇心情的變化。

怪這個字從好奇心情的變化，逐漸也擁有了事物變化其形的意義。比方說：「水木之怪」、「山精石怪」、「蠐螬怪」、「狸貓怪」、「水獺怪」……這裡的怪所指的都是一樣東西歷經時間巨力的磨礪，以一種神秘的能量修持其本性，漸趨於人性，最後達到幻化於人、物之間，往來無礙的境界。所變者尚不止於此——原本祇是好奇心情之變，一旦不能適應或接受那個變，而主觀上情緒受到了擾動，「怪」甚至還變化出「埋怨」、「責備」的意思。

有一天，放學後的一段校園嬉戲時間裡，張容被同學推倒在地，後腦勺上腫了一個大血疱，下手的是他的好朋友，原本沒有惡意，就是玩瘋了而已。張宜很小心地用手撥開哥哥的頭髮，像是在挖掘一個神奇的秘密。她把那傷處摩娑研究了半天，得到一個結論：「好怪喔！太奇怪了！很大一個包，中間還紅紅的——」

「這有甚麼奇怪呢？這就是皮下瘀血呀。」我問。

張宜瞪大了眼說：「原來卡通片不是亂演的！」

國

擁有一定武力的人民集合

在澳洲東北方的廣大太平洋面上，有兩座相鄰的小島，面積不詳（實在是因為無人能予丈量之故），宣稱佔有此二島者隨即宣布了這兩座島的宗主國：「太極聯邦共和國」，由四個八歲大的孩子統治，他們共同制訂了該國的第一條憲法：「大人不可以打罵小孩。」憲法的其它內容，將隨時視四人之實際需要另行訂定。「太極聯邦共和國」的四個成員都很重要，分別是國王、宰相、元帥和將軍——張容擔任的職務是宰相，可謂一人之下，二人之上了。由於課業繁忙之故，「太極聯邦共和國」的國政一直沒有更多的發展，國王陳弈安在一次下課十分鐘的短暫政變之中被推翻，但是他隨即宣布推翻無效，於次一節下課時間舉行公投，居然又獲四票全數通過，繼續保有王權。此後天下太平無事。

回首二十多年前，我在研究所唸書的時候，教授古文字學的田倩君老師曾經用「國」字解釋過社會組織的變遷。甲古文的「國」字沒有象徵國界和土地的「口」和「一」，就是「戈」下一個「口」所形成的字符，是個會意字，顯示擁有一定武力的人民集合。從文字看，顯然認定武器或武力是僅次於人民的第二項國家條件。

發展到了金文出現的時代，國家的具體內容和精神象徵都擴充起來，「口」下一短橫，表示土地；「或」外一方圈，表示疆界。據此也可以推知，金文時代已經進入了農耕社會，人民居有定所，土地可資盤據，集體的武力則用來捍衛地權。

所有以「國」領字的詞彙，幾乎全都可以解釋成「國家所有的」之意。換言之：「國」是一個「完全所有格」的字。但凡是「國」字帶頭，底下那字皆屬其統領、掌握、命名、取捨，從國光、國師到國恥、國賊，與褒與貶、以榮以辱，大體不能出於國之範圍。

有那麼一個詞兒，原本是天地生成，無關人事，但間關輾轉，還是落入了國家機器。蠶豆，又名胡豆。唐代以及宋代初年編成的《藝文類聚》、《太平廣記》都引用了堪稱第一手資料的《鄴中記》：「石勒（另一說是石勒的姪兒、後趙的第三個皇帝石虎）諱胡，胡物改名。名胡餅曰『摶爐』、胡綏曰『香綏』、胡豆曰『國豆』。」

不論是石勒或是石虎，後趙皇帝為蠶豆改名的方法很有趣，將一個感覺上帶有歧視意味的字眼——胡——轉變成至高不可侵犯的權力來源。非但高下顛倒，而且主客對反，讓漢人之指點胡兒之人踏踏實實地覺悟：「胡」之當「國」，大矣！於是我們有了這麼一個詞兒：國豆。今天讀到國豆一詞，若是探得源流，想起後趙的處境和歷史，未免要有白雲蒼狗之一歎——那個連蠶豆的異名都不肯放過的國，而今安在哉？

「你們那個『太極聯邦共和國』不會讓張宜參加罷？」我試探地問。

張容想了一想，勉強應聲說：「她想參加的話，得要大家投票通過才行，可是他們又不認識張宜。」

「我大概不會參加他們那個國。」張宜接著說：「我自己也有好幾個國要參加，沒有甚麼時間參加他們的。」

鬧

市集上的人為了買賣爭勝而大聲吵嚷喧鬧，甚至爆發衝突

我一直以為上一個暑假應該就是最後一個打打鬧鬧的暑假了。從上一個暑假到這一個暑假之間，不是已經過了一個大年了嗎？孩子不是變胖又變高了嗎？可是伴隨著遠近噪鳴的蟬聲、午後的雷雨聲和暴漲的山溪聲，我還是浸泡在一片打鬧之聲裡。

「再鬧！」我吼了一聲，收拾著一桌子被打翻的墨汁和清水，拈起筆寫了一個「鬧」字：「來認你們自己的字。」

俗用從「鬥」的字很少，一隻手指頭數得過來，不過「鬧」、「鬨」、「鬩」、「鬭」、「鬮」而已。這個小族群的字必定來自一個「相爭」、「爭勝」的狀態。

羅振玉依甲骨文字形解釋，以為「鬥」字是兩個人「徒手相搏」。不過，如果仔細觀察兩邊相持不下的人，似乎並非徒手，而是拿著傢伙對幹。於是說文許注又以為鬥字本從「丮」——此一字符的讀音和意義都是「戟」（武器），也可以解做手持器械的動詞。

清人段玉裁根據說文分部的次第另為判斷，認為將「丮」字攙和進來，定為「持械」之說，根本是淺人竄改許慎原作，不是《說文》的原意。依照段玉裁的解釋：「鬥」還應該是兩個人徒手相爭。因為鄉下人打架，總是兩個人相互揪扭，沒有必要牽連上持械搏擊的士兵。光是這個字裡有沒有「武器」，就鬥得夠兇、鬧得夠兇了。學者之爭，何其繁瑣無聊？

話也不能這麼說。這個「鬥」字裡容有武器與否，牽涉到我們對於古代老百姓能否擁有武器的判斷。照段玉裁的推測，「鄉里之鬥」是用不著也拿不到武器的。換言之：在發明「鬥」字的時代，人們不能自由擁有武器，則「鬥」勢必徒手進行。

張容仔細觀察了這個字的甲骨文造型之後，說：「我覺得這個字裡面沒有武器，如果是吵吵鬧鬧而已，幹嘛要用武器？從前的人用鋤頭也可以把人打得很慘，可是鄰居打架不會打得那麼慘。」

「如果不是武器，那兩個面對面爭執的人手上那麼多分岔又是甚麼？」我問，同時想起了畢卡索一九三二年的那張名畫——《夢》。

畫中的女子（據說是年方十七歲的瑪莉．狄賀絲）似乎是沉陷在柔軟的沙發裡假寐，她的眼睛閉著，紅唇微啟，酥胸半露，兩隻手各有六根手指。畢卡索的新女友當然不是駢拇枝指之人，世故的觀畫者都知道：那是一雙動態中的手，多餘的兩根手指所顯示的不是實物，而是動態。

從那張《夢》中來看，這個「鬥」字的發明可能也出於相似的邏輯，為了表現鄉人相互揪扭廝打，手臂、手指、拳頭為甚麼不能以紛亂歧出的筆畫來表現呢？

「鬧」則是一個後起字，出現的時代相當晚，至少在唐代以前的文獻資料裡還看不到這個字。這是個標準的會意字，比合「鬥」、「市」可知，市集上的人為了買賣爭勝而大聲吵嚷，喧擾不安，甚至爆發衝突。

「我們家一定要因為有你們兩個在，就變成菜市場嗎？」我說。

小兄妹並不理我，他們祇是專注地盯著紙上那個「鬥」字的甲骨文。良久之後，張容問張宜說：「你看它像甚麼？」

「鍬形蟲。」張宜說。

他們終於在不理會我的教導上安靜地達成了共識。

緒

諸多、眾多之義

老師給出了個作文題目：「情緒溫度計」。希望孩子們能根據日常經歷，察覺生活中種種情感刺激的反應。就作文命題而言，溫度計是個有趣的比喻；老師的用意很清楚：我們得面對自我感覺裡種種高低起落的情態。

「我不要寫溫度計，」張容很堅決地說：「我要寫小精靈，把每一種情緒寫成一種小精靈。」

其中兩段是這麼寫的：「最常來找我的小精靈叫無聊。每當我不知道該作甚麼的時候，他就會出現。他的表情既不高興、也不憂傷，更沒有憤怒；而是對甚麼事都沒了興趣，這種感覺真令人煩惱。

「無聊小精靈最怕好奇小精靈——好奇小精靈隨身帶著一大堆問號，動不動就會說：『是怎麼一回事呢？』『後來怎樣了呢？』『究竟為什麼呢？』『會發生甚麼結果呢？』這些問題一旦跑出來，就會讓無聊小精靈迷路，然後就消失了。」

「情緒的『緒』是一個甚麼樣的字呢？」我等他闔上作文本，情緒高昂地準備大玩一場的時候忽然偷襲了兩個問題：「為什麼要用『緒』字來形容我們的情感狀態呢？」

緒字的聲符「者」本來就是一個複雜多歧解的符號，有說是「黍」的，有說是「蔗」根之下加一個「甘」字的，證之以不同鼎彝之器上的銘文，大約就是表示「諸多」、「眾多」之義。作為「緒」字中兼有意義的聲符，「者」字的上半截成紛歧樣貌的枝岔也常被學者解釋成一繭絲的許多個端。在這個理解的基礎上說「情緒」，充滿不盡可知的況味。一方面，所謂「情緒」，有一種「尚需細膩辨認」、「有待分別析理」的意思；另一方面，經由辨認、析理之後，顯然該會有進一步的解釋才對——所以說「情緒」看來是處在一種「未完成的狀態」。但是——

「不同的情緒會同時發生嗎？」我追問下去：「你會既興奮、又憂愁嗎？」

「不會。」張容斬釘截鐵地說——而對於這種抽象的問題，張容顯然不如張宜有興趣，張宜立刻帶著些賣弄的神情說：「可是如果看到壞人的話，我會既害怕、又生氣。還有參加鋼琴比賽的話，我會既緊張、又興奮。」

「你就是既炫耀、又炫耀！」張容氣鼓鼓地說，看似受到「嫉妒小精靈」的影響了。

然而，我們繼續這樣推敲字義的時候，會赫然發現：一如其它許多「相反為訓」的字——比方說：「亂」正同於「治」一樣，「其臭如蘭」正同於「其香如蘭」一樣，「徂」既是「往」、「死」又是「留」、「存」……「緒」這個剪不斷、理還亂的心情端倪，正一如與它自己的讀音相同的「序」和「續」一樣，又有著「次第」、以及「剩餘」的含意。《莊子・山木》不是有這樣一小段話嗎：「食不敢先嘗，必取其緒。（吃的時候不敢搶先，必定是吃剩餘之物）」

「端緒」、「頭緒」是居先的、未經整裡的；而「餘緒」、「遺緒」則是居末的、殘剩的。別以為這個字在兩頭兒之外的中間不佔地位，倘若是用在《史記卷九十六・張蒼列傳》裡：「張蒼為計相時，緒正率曆。」此處的緒，又是「尋繹」、「推求」、「檢覈」的意思了。

「一個字，從頭到尾帶中間，全歸它管，厲害吧？」我說。

「甚麼字？」張宜原來根本不知道我們說的是一個字。

送給孩子的字

諱

不言

我們是東道主，得主持一個接待遠客的宴會，由於明知我和孩子們會提早一個小時到場，那會是相當無聊的一段時間，我於是讓他們準備了課外書。張容帶了一本《德國尋寶記》，張宜帶了一本《小公主》，我也往背包裡塞了一本三十年前的《今日世界》雜誌。傍晚大塞車，眾賓客來得比預期還遲，在餐廳的包廂裡，我們享受了將近兩個小時圖書館般的寧靜。

張宜忽然把書放下，搖著頭說：「這本書裡的語詞重複太多了，太多了！多得不像話。」

「不要太誇張了罷？」

「真的啊！你看——」她指著一個詞「去世」說：「書裡面莎拉的媽媽死了，後來爸爸也死了，不管誰死了，都說是『去世』，而且一直『去世』、一直『去世』，難道沒有別的話可以說了嗎？」

我說：那麼你認為該怎麼說呢？她想了想，說：「掛了！」

我說還有呢？方言裡有說「老了」的，那就是指死；有說「不在」了的，也是指死；「過身」、「過世」、「逝世」，「歸道山」，都是指死。甚至「不諱」，原來都是因為諱言一死的緣故而出現的語詞，還是指死。

近些年從佛教團體那裡傳揚出來一個詞，叫「往生」。「往生」——就好像「願景」一樣——是那種我怎麼也說不出口的詞兒；這種詞兒很新、很生，新而生得有點帶假，說時教

人口澀。如果真要講究來歷，則「往生」一詞，在淨土宗裡應該是指具足信、願、行，一心念佛，與阿彌陀佛的願力相互感應，死後才能往西方淨土，化生於蓮花之中。老實說：要「往生」，還有很高的門檻兒的，並不那麼便宜。可我們任誰都不免會有這樣一段記憶：某女士哭紅了雙眼跟我們說：「我家的小狗，小狗——昨天往生了！」

諱的本意原本是「不言」，不言甚麼呢？當然是人生最不能面對的結局。「諱」字從言、從韋；「韋」不只是此字的讀音，也兼有否定的意義。它最初是指「熟治皮革，去毛而柔化」的過程。仔細看「韋」這個字，它也是個形聲字，以中間的「口」（音圍）做聲符，上下兩端的形符則象徵著相對施力——這兩個形符如果變換成左右並置的寫法，就是「舛」（讀若「喘」），衍生出「相互背反」的意思。背反、否定、違逆——「不」！「死」真是不好說，非但要「諱言」其事，就連不得不說的時候，往往還得再加上一個不字，居然變成了「不諱」。

當年韓愈鼓勵李賀考進士，畏忌這位年輕詩家出一頭地的人便藉由避諱的講究來詆毀李賀，認為李賀的父親名叫「李晉肅」，作兒子的就不該舉「進士」。韓愈為此寫了一篇筆鋒犀利、辭氣淋漓的短文，叫〈諱辨〉，有「父名晉肅，子不得舉進士；若父名仁，則子不得為人乎？」之語，勁拔奇警，讀之令人拍案！

究其實而言，「諱」既是「不言」，「不諱」自然就是直言了。對於「不諱」這個詞，我還是獨鍾「直言」之義。人生一切若能豁然開朗，敞亮向人，那是幸福的。然而我們不但遇事多所畏葸，也經常在思想的時候，有意無意地鑽進許多語言的角落，尋求字面的庇蔭，以免情感受到創傷，反而增生罣礙。

「有那麼多詞來形容死，你覺得哪一個詞形容得最貼切？」我問張宜。

她說：「還是『掛了』！」說時翻了一下白眼。

——卡——來表述種設施。這大約是大造字時代結束之後極少數新造的字之一。太平天國一旦覆滅，遍山橫野的崗哨都荒廢了，這卡字也死了，短命得很。直到有了truck（卡車）、card（卡片）這一類英文譯音的需求，才又借其音而使之復活。

一百五十年過去，一個無中生有的字失而復得，隨時在我們的生活中出現，完全和舊義脫離了關係。它讓人想到人生之中種種失之毫釐而差以千里的際遇和選擇，而覺得萬分驚險——老塾師？還是大流氓？你只能選一次。

PART 2
失而復得的字

張容、張宜一致同意：他們的爸爸應該是生活在一百五十年前的人。據我所知，那時代，剛好新生了一個字。

太平天國在道光末年造反，一場綿延了十幾年的浩劫，即將進入轉折點。石達開自廣西揮軍北上，渡長江，迫成都，想要建立四川為據點，這是他效法諸葛亮的戰略，卻沒能成功，就受困於假議和、真屠戮的詭計，在他想要建立的都城受了剮刑。同時被屠殺的還有為數兩千以上的「髮逆」。

若真在一百五十年前，我會留起頭髮玩兒命嗎？還是龜縮於偏鄉僻壤，以識得幾字立業，教導兩三蒙童，埋骨於塵埃蓬草之間？我問兩個孩子，在他們心目之中，身在一百五十年前的爸爸會幹甚麼？張容認為我會苟全性命於亂世；張宜則認為我會去當大流氓。

在那個時代，為了防堵「髮逆」流竄，清廷在各地山區設立崗哨，借用了廣東方言裡一個形容「山曲之處」的字

玉

金文與小篆寫成「王」，是佩掛一串玉的側視圖

「玉」字原本有一點，可是一旦成了部首之後，那一點為什麼不見了？

原本是個非常簡單的問題，張容在課堂上問他的老師。老師知道我平時總喜歡把弄著一些文字探勘揣摩，於是故意不直接答他，讓他回家「問爸爸」，並且得在第二天的課堂上向全班同學提出口頭報告。以下所寫的四段文字，就是我的作業。

甲骨文「玉」字像個上出頭、下出尾的「王」，與今天我們寫的「丰」字差似，唯第一橫劃比較平齊。到了金文和小篆，「玉」字上下不出頭了，還是寫成「王」，像是筆畫均勻齊整的幾何圖形。文字學家告訴我們：這是因為古人佩玉，大多不祇佩一塊，這樣寫，正是佩掛了一串玉石的側視圖，造字的原則是象形。

至於「王」字，原先在甲骨文中，明明是一個人站立在一橫劃上，強調他的地位。直到金文出現，我們才發現這高高在上的人也被簡化成三橫一豎了。

三條橫劃還有旁的意思；從老古人的宇宙觀來看，這三劃象徵的是「天地人」。用一根豎劃「丨」通達天地人三者，謂之「上下通」，以成就「王」的職掌和威權。這麼一來，原本字形中不加點的「玉」字和「以丨貫三」的「王」字就沒有區別了。有的文字學家提醒我們：在部分金文和石鼓文裡，王字的三劃並不是均勻排列的，中間的一橫比較貼近頂上的一橫，這象徵著作為王的人要「法天」——向天提昇、向天學習。這樣不就把兩個字的字形區別開來了嗎？

可惜的是用字的人不會像解字的人一樣想那麼多，用字的人所要解決的問題是以最簡單的手法區別兩個或多個形體過於接近的字。於是，「玉」字旁邊加上了點。舉例來說：在古陶器文字裡，我們會看見左右各加寫一撇的「玉」，有的加在下方的兩橫之間；也有的加在上方的兩橫之間。到了漢代的隸書以後，這個點時而只加在右上角或者右下角，便成為後來我們常見的「玉」字了。

我寫到這裡，把上面這四段文字向張容解釋了一遍。他不怎麼耐煩地反問道：「可是我的問題只是：為什麼『玉』做了部首以後，那一點就不見了？」

「你看：當了部首以後，『水』字成了三點水，少了一筆；『心』字成了豎心旁，也少了一筆；『辵』字成了走之，少了四筆，左『阜』右『邑』簡化成耳朵邊，各少了四五筆，

送給孩子的字

這是字形簡化的結果。」

「你是說我們寫的字是簡體字嗎？」

就在這一剎那，我吞回了原先想說的話：「我們寫的是正體字，不是簡體字。」並且仔細想了半天。

張容的問題裡，有他自己意想不到的深度。我重複了一遍那問題之後，給了一個連我自己都有點兒意外的答案：「『我們寫的字是簡體字嗎？』——是的，我們寫的正體字裡有很多已經是簡體了。」

打從方塊字創製以來的幾千年間，文字的簡化從來沒有停止過。我們寫的字總在書寫工具的革新與書寫方法的刺激之下，微妙地、緩慢地改變著所謂的「正體」；無論是為了避諱、便利、區別、或者強調其意義或聲音的屬性，甚至往往祇是因為錯訛，文字時而繁化、時而簡化，每每有社會性的「群擇」——這是文字的演化學。

「那我應該怎麼報告呢？」張容皺著眉頭，依舊十分苦惱。

「說簡單一點罷！」我說：「就說玉的那一點不見了，是文字簡化的軌跡好了。」

「甚麼軌跡？」他的眉頭皺得更深了。

卡

路之險隘

「俗」這個字在一百多年前與今天我們使用並賦予的意義十分不同。例如：「俗字」、「俗語」這樣的概念。在今天，我們說「俗字」、「俗語」的時候，意指一般大眾通行使用的文字或語言。但是，在清代中葉以前，這兩個詞彙所指的都還是「囿於某一鄉土之方言用字」以及特定的「某種方言」，而絕無「大眾通行」的意思。

清代紐琇（?~1704）的筆記之作《觚賸》裡就曾經這麼說：「粵中多俗字」。這裡所指的「俗字」就是當地自造自用之字，外省、異地根本不能用，甚至不能認讀。比方說：表達「坐得穩」之意，有一個字，寫成上「大」下「坐」，讀音就唸「穩」。人物之短者，有一個字，寫成上「不」下「高」，讀音就唸「矮」。人之瘦小的也有一個字，寫成上「不」下「大」，讀音為「芒」。山之巖洞為上「石」下「山」，據說讀作「勘」；水之因礫石而激濺，寫成上「石」下「水」，據說讀作「聘」。

有的字，紐琇解為廣東獨造，而他處竟也有音義稍微不同而字形一樣的例子。像「氹」，在《觚賸》裡以為是「蓄水之地」，音「泔」（即「甘」），但是到了南方其它的省分，這個字卻讀作「蕩」，意思也小有不同，是為田地之中挖了來製作稻田基肥的漚池。

最奇特的則是一個「卡」字。紐琇是清初時代的人，在他的記載之中，「卡」也算一個與外地人不能溝通的「俗字」，意思是「路之險隘」，《觚賸》注讀「汊」，和今天一般的讀音很不同。有趣的是，過了整整兩百年，到晚清俞樾（1821～1907）的時代，「卡」字已經通行起來。俞氏所著的《茶香室續抄．卷二》就明白地說：「自詔書下而奏章，無不有此字。」俞氏的感慨很明顯：到了他那個時代，人們根本不知道：「卡」曾經是個和「上石下山」、「上石下水」這種「地域符號」一樣冷僻而難解的字。

俞樾明白地指出：變化的關鍵是「軍興以來」——此處的「軍興」，是指太平天國造反——為了嚴密查察南來北往之人，全國各水路要衝之地都設有防守和檢查的崗哨，謂之「卡」、「卡口」、「卡子」。換言之：一場洪楊之變，不祇在大歷史的場域上扭轉了清代的國運，也使得我們今天翻用外來語時有了一個方便借音而指義的字——「truck」，呼為「卡車」；「card」呼為「卡片」，都可歸諸於這一場長達十四年的大動亂，由於軍事上的需要而發動了一個字的廣泛意義。

我跟孩子們解釋他們的遊戲王卡、甲蟲卡、流行少女跳舞卡……這些卡之所以叫做「卡」的來歷，一方面也讓他們瞭解：在廣東，地方上一開始使用這個看起來「不上不下」的字，為期可能已經上千年，可是做為關卡、卡口意義的「卡」祇有一百多年的歷史，做為卡片意義的「卡」，時間就更短了。可是這個為期最短的意義加入之後，「卡」卻不再罕僻，而成為所有使用漢語的人幾乎每天都會接觸的一個字了。

我讓張宜寫這個字，她總是把該寫在字形右邊的兩個短劃寫在左邊，我說：「你寫反了。」

她回身拿出一張遊戲王卡，蓋住，笑著對我說：「反過來你就不知道我用甚麼卡攻擊你了。」

「你現在知道了嗎？」張容嘆了口氣，說：「她老是自己發明遊戲規則，誰也拿她沒辦法。」

造字、用字本來就是武斷的發明，偶然與誤會之於字的流通、改變，往往是天經地義的硬道理。

送給孩子的字

買

以物易物

小說家黃春明有一次帶些玩笑意味地跟我說：「以後的孩子們寫小說，恐怕不會寫得太好了。」我問：「何以見得？」他說：「孩子生活在一個甚麼都可以方便買到的世界，要甚麼也祇知道買、買、買，生活裡祇剩下『買』的話，其它能用的動詞就很少了。」在這樣說著的時候，小說家十指盤空撥彈，像是在做甚麼手藝活兒似的。

尚未生養孩子之前，我一直以為自己當了父親以後，決計不會慣縱孩子買玩具、買零食、買各種他伸手就能要來的東西。我猜想自己應該會和孩子們一起動手作很多很多好玩、好用的東西。然而我錯了。買，往往發生於措手不及之際。

猛一回首，我們原本無意要用金錢換取而擁有的許多東西，已經紛陳於目前、羅列於廊下、充塞於生活之中。也常是在買到這些東西的瞬間，你就已經知道：它們即將在最短的時間之內被棄置在垃圾袋裡，任由人打包清運而去。無論掩埋或者回收，那物件若是還有機會再次出現於人間，一定會經過改頭換面，化做另一種材質，變成另一項商品，擁有另一個價格，召喚另一次購買。

「買」這個字和許多與金錢有關的字不同，像是「貿」、買賣交易之意，「貽」、餽贈流傳之意，「貰」、賒借租賃之意；甚至「賣」、「資」、「賈」、「賄」等字，都屬於貝部。自今日觀之，「買」之所以成立，非有錢鈔不可；也就是底下那個「貝」字。可是「買」字的部首卻是頂上那個「网」。

回到甲骨文的字形，「网」是一個盛裝著物品的網羅工具，底下則看似是兩瓣有著橫紋的貝殼。「貝」字字形的固定，大約是在金文時代，與日後的小篆或我們習見的隸書、楷書差異不大，可以一眼見出貝殼之為貨幣的淵源。

但是在甲骨文裡，「貝」字變化就多了。尤其是「買」字底下的那個形符，我怎麼看，怎麼覺得那不是貝殼，反倒像一雙手。也就是說：「買」字就是一雙捧著網羅工具的手，這也近於「買」之為字最初的意義：以物易物。向孩子們解釋「以物易物」並不困難，他們隨時在交換彼此的玩具以獲致更大的滿足。不過，自己動手做出一些可以跟人交換的東西，簡直是難於登天。

猶記兩年多前，我在幫孩子們收拾滿室玩具之時曾經這樣建議過：「我們不要再買玩具了，自己動手做吧？」

「你可以幫我做一個太陽，老師說可以用布、用紙、用毛線；老師還說不可以用鐵絲和尖的東西。」張容說。

「你可以幫我做一個娃娃屋，要有池塘，還要種一棵樹。」張宜說。

我當時覺得：這真是一個美好的開始。然而，美好的開始往往就是瞬間的結束。我的確花了幾天的時間，用四捲夾金夾黃的毛線和一件大紅棉衫做成了一個勾畫著獅臉的太陽；另外，我也用薄木板、厚紙片、縐紋綵帶和蠟燭製作了一棟有三個房間、兩層樓、養了金魚和烏龜的小池塘的庭園別墅——包括全套的廚具以及衛浴設備。

兩年後，我從遍佈著灰塵和霉污的舊玩具堆裡翻撿出這兩樣手工藝品，問他們：「可以丟掉了嗎？」

「你辛辛苦苦做的，幹嘛說丟就丟呢？」張容說。

「等沒東西玩了就又要買新的，這就是浪費！真拿你沒辦法。」張宜說。

該

在軍中，人人相互戒懼的一種語言

「該」是一個再尋常不過的形聲字，一邊兒是表義的形符（「言」），一邊兒是表聲的聲符（「亥」）。以許慎《說文》書寫慣例而言，「該」就是個「从言亥聲」的形聲字。某些文字學家認為：形聲字的聲符不應該擔負意義，也有些文字學家的意見恰恰相反。然而，若以《說文》所載之本義「軍中約也」來看，右邊這個「亥」（字形古與「戒」相近而相通）也總還是表達了一部分的意義：在軍中，人人相互戒懼的一種語言，謂之「該」。

我的疑惑是：既然亥字、戒字相通，為什麼在古籍之中「該」字沒有一處與「誡」字相通假呢？「該」字有將近二十個意思（廣博、包容、擁有、大概、充分、應當、管理、欠……等等），從未借用「誡」字表達過；而「誡」字所有的警告、戒備、囑咐、戒律等意義，也從未借用「該」字表達過。即使「軍中約」這個解釋成立，說它是因為「亥」、「戒」古字相通這個說法仍可存疑。

我以為整個來歷還是要從「亥」這個聲符看起。「亥」，是一個象徵土地之下草根亂竄、土地之上冒出一點強韌生機的字，造字者選擇「亥」為「該」字的聲符，是要以語言的申述來表達約束的效果——約束的語言猶如壓覆草根亂竄的大地，在土壤中四處萌生的草根在地面上卻形成簡單且一致的莖葉之形。

每當我教訓孩子：「把該吃的份量吃完。」「把該收的玩具收好。」「該睡覺了！」「該練琴了！」都涉嫌偷渡一種情境：讓明明是出於自己意志的指令，變成是出於冥冥中一個比我的意志更高、更堅定的規律（一如我們常常使用的「天經地義」），必須服從。質言之：我們使用「該」這個字的目的，是藉由將指令客觀化，來遂行語言的約束。

忽然有一天，我碰到了不一樣的解釋。

小學一年級的國語課本裡出現了那個版本眾多、歧義紛紜的童話。夏天的時候，小螞蟻們辛勤地工作，儲存糧食；小蟋蟀卻在盡情地玩耍、歌唱。直到冬天來了，由於沒有存糧，眼見就要餓肚子，蟋蟀祇得去向小螞蟻告幫。這是個勸勉人辛勤工作、勿貪嬉戲的寓言，看似無多奧義。在課文之外，孩子還得回答一些延伸性的問題，比方說：如果你是小螞蟻，你會怎麼做呢？

張宜用她那筆迤邐歪斜的注音符號寫道：「我會把蟋蟀留下來，然後跟牠說：『以後該做的事要做到，不該做的事要等

送給孩子的字

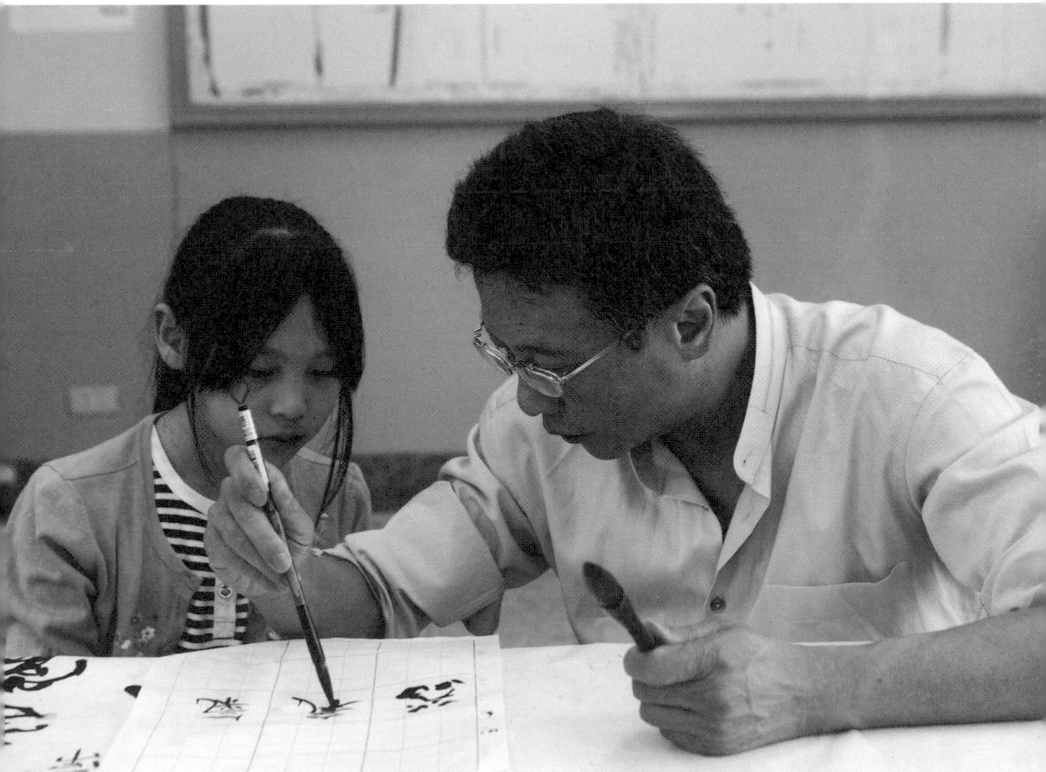

該做的事做完再做。』」

「明明是不該做的事，為什麼還要做呢？」我忍住笑，故意問她。

六歲的孩子已經能夠輕易地發現大人如何藉由看似不經意的問題來嘲弄他們，張宜立刻白我一眼，說：「就是因為有該做的事，才會有不該做的事；該做的事做完了，就沒有不該做的事了。你連這點道理都不懂嗎？」

張宜對於唱歌這件事是充滿同情與理解的，如果小蟋蟀唱歌（而不存糧）是一個錯誤，那也不能逕行禁止唱歌，唱歌之「不應該」，祇不過是基於「存糧」之應該。易言之：「不應該」居然是「應該」的產物。

看來螞蟻和蟋蟀的故事還真是可以引伸到「聖人不死，大盜不止」這種抽象度極高的哲學命題上去的。而那個「該」字，似乎也沒那麼「該」！

臨

在高位的人瞪大眼睛、仔細審視在低位之眾物

寒假期間，家裡經常多了三個孩子，來練習寫毛筆字的。十五歲的大哥哥已經能夠臨歐陽詢的《九成宮》了，他來學寫字，交換條件是指導張容下圍棋。至於另外這四個小的，還祇能在一旁吱吱喳喳到處甩墨汁、畫鬼符以及沒事找事、問些他們並不認真好奇的問題。

「為什麼寫字要叫『臨』？」他們看著大哥哥，大哥哥看著帖，帖上的字卻硬是不肯跟著他的筆下到棉紙上來。

「就是學書上寫的字的樣子嗎？」一個說。

「可是寫得一點也不像呀！」另一個說。

大哥哥臉紅了，苦笑了，手筆一起抖起來了。

臨，是一個從來不曾出現於甲骨文中的字，這意味它出現得較晚，所以字意的形成也比較複雜。左邊的「臣」，過去一向被解釋成「臣，屈服也，臨下必屈其體。」這樣的說明委實過於迂曲，還不如索性將「臣」看做像監字、鑒字裡的「臣」那樣，就是一隻表情誇張的大眼睛；這隻大眼睛的主子（也就是右邊上方象徵著人的形符）正彎著腰，直楞楞瞪目下視。三個口，謂之「品」，一般的解釋是「眾物」的意思。原先在金文和石鼓文中，這個「品」的位置不在右邊，而在「臣」的下方，三口成一橫列，在上俯瞰的眼睛甚至還發射出三條短短的「視線」，一一指點到位呢。

這就是「臨」字原初的意思了——一個在高位上的人瞪大了眼睛、仔細審視在低位之眾物（這裡的眾物當然也可以指人

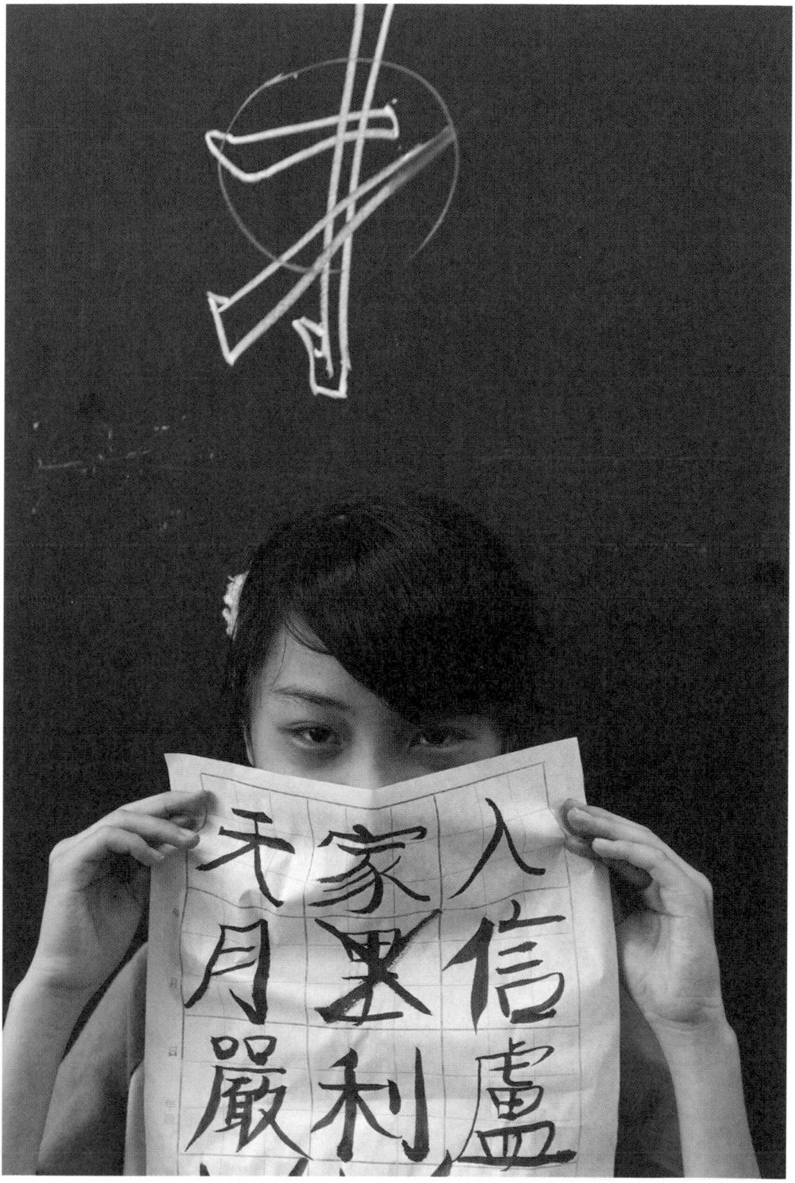
人信盡
家要利
天月嚴

民）。所以《詩・小雅・小旻》：「戰戰兢兢，如臨深淵，如履薄冰。」和《荀子・勸學》中所謂的「不臨深壑，不知地之厚也。」就是既準確、又豐富的描述了。祇用一個「臨」字，非但狀述了這個動詞使用的位置，也勾勒出環境的形勢以及這登觀的心情。此外，作為一種戰車而命名為「臨」，顧名思義，一定是輛造型高大的偵察車。

一直到了小篆時代，原本被觀望的眾物（那三個口）才改變了位置，使得「臣」（眼睛）底下祇留存一口，另兩口堆成一上一下的位置，寫到右邊來。再發展到隸書時，今日書寫的形體才告確立。可想而知，小篆以後的變化一定是為了書寫美觀、結體均衡的緣故。如此則造字的精微之義往往就給犧牲掉了。

孩子們對一個字裡有那麼一隻直立的大眼睛很有興趣，不停地拿筆描摹，居然在無意間將「臣」字畫斜了、畫橫了，這就更加清晰地看出「臣」之為眼睛的底蘊來。

「所以臨帖的學習不單單是讓你對照著一筆一劃地寫，更是讓你仔仔細細地看。」我跟那大哥哥說。

大哥哥幾時能夠學書有成，我可不敢說。但是張容的圍棋卻一日千里，刻進有功。連帶地，在和我下象棋、五子棋甚至跳棋的時候，都有了佈局的遠見。這天晚上，他在連贏了我三盤之後得意地跟他的妹妹說：「小孩子的時代已經來臨了！」

「已經來臨了嗎？」張宜睜大眼睛，十分好奇地跟著起鬨。

「沒錯，大人已經一點一點被打敗了。」

「是哪一個小孩子的時代已經來臨了？」張宜有些不放心地追問。

「還沒輪到你，你不用太著急。」張容站到椅子上，雙手插腰，向下俯瞰著我，不錯，是個臨字！

妥

《詩經》、《禮記》裡做「安坐」之意

字從何處發生？究極而言，實無定處。祇是人年紀越大一點，似乎越不能忍受一個熟悉的字竟然有著全然不同於幼學所知的來歷——這事要從我自己的反省說起。楊德昌拍《獨立時代》（1994）那年，我已經三十好幾了，某日赴拍片現場找他洽談上電視節目宣傳的事，他人不在，我問副導余為彥：「楊導呢？」余為彥四下略一環視，忽然想起來了：「喔，在後面樓梯間，妥一下。沒辦法，實在撐不住了。」

我字字聽得真切，卻不明白「妥」為何義？唯其比合上下文猜測：楊德昌和劇組日夜趕工，精神不濟，現在趁空躲在樓梯間睡覺了。然而，是這個「𡚸」字嗎？

不久之後，我在任教母校的走廊上遇見教文字學的學長，趕緊問一聲：「有沒有發音是『𡚸』的字，有睡覺或小睡片刻的意思？」學長想了很久，表情比我還困惑。他說要查書，查到我們都忘了這事。

我自己也懶得隨手查書。許多年過去，又在不同的場合遇見些製作流行音樂的朋友，仍舊是不意之間聽見某人熟極而流地迸出一句：「𡚸得好好的，偏給你們挖起來！」甚至還有詞彙：「我就是要𡚸條，別的甚麼都不管了！」在言談間能夠自然運用此字以表「睡」意的人有一個共通點：他們都有出身眷村的成長背景——雖然我也是國防部眷舍子弟之一員，但是，本村的孩子似乎從來沒用過這個字，我們睡就睡了，不「𡚸」。

是的，在某些村子，妥就是睡，妥條就是睡覺，殆無疑義！不過，為什麼呢？

直到有一個假日，我躺在長椅上看書，看著看著，打了個呵欠，忽然聽見自己冒出一句：「不行了，得妥一下！」

「你說甚麼？」張容問。

「我說我要睡一下。」

「你剛才不是這樣說的。」

「我是這樣說的。」

「你不是。」

「我說『我要妥一下』。」

「你為甚麼要這樣說？」

行了，別妥了。查書去吧。

一個很古老的字。在甲骨文裡，我們看到一隻大手壓制著呈跪姿的女人。的確，在《詩經》、《禮記》裡，都以「安坐」

來作為妥字的解釋。那是因為女人都不能好好地坐、而必須以手安之嗎？俞曲園卻引《禮記・曲禮》中那句「役於婦人」的疏文強解出：「婦人能安人」的意思，說甚麼伺候老人（七十歲以上）得靠婦人才稱手。這一解用本字字形說是不通的，因為大手明明是加之於婦女，怎麼會是女子看顧老人而「疾痛疴癢均宜搔之」呢？倒是在《說文・段注》之中，我們讀到：「安，女居於室；妥，女近於手。好女與子妃（此處的「妃」是動詞，做匹配、交合解），皆以『男女、人之大欲存焉。』」這話看來是把「安妥」往男女之事上推進了一步。於是古文字學者李敬齋才會這樣解釋「妥」：「綏也，女不安，抑而靖之，从爪、女會意。」好像是說：「妥」之所以有「安適」之義，唯有用最粗俗的現代語「把女人搞定了」才能說明。

文字學家不會這麼教人，我也不好用這個解釋教孩子。好像一旦涉及了「男女、人之大欲存焉。」的「兩個人睡」，就不夠敬惜文字，也褻瀆了造字的古人似的。於是我闔上書本，說：「睡著了，舒服了，就妥當了。」我告訴自己：那個「从爪、女會意」的細節，不關我的事——我還是一個人「妥」好了。

掉

搖擺、顫動

學校規定：不論身在音樂班與否，每個孩子都要準備一支直笛，張容有一支直笛，張宜有——前前後後算起來——三支。多餘的兩支不能謂之多餘，因為「掉了」。在買了第三支直笛之前，她還差一點把哥哥借給她應急的那一支也掉了。

我還是個孩子的時候，也經常掉東西，掉文具、掉衣服、掉任何不長在身上的東西，我也總不明白那些遺失了的東西為什麼不肯老老實實跟著我。東西丟了就得再張羅，通常這是要花錢的；父母親心一疼，孩子就免不了挨揍；一旦揍上幾回，許多東西就長回身上來了。於是身為父親的我準備好一根比直笛粗一倍的棍子，這一天眼看是要動大刑了。

我一個人在家，先試試下手輕重，左手打右手心、右手再打左手心。棍子在手，揮一揮、晃兩晃。我勉勵自己：今天下午等張宜回來，一定要咬緊牙關，施以家法。棍子在空中搖晃著、轉舞著。家法。我重複告訴自己。省了棍子、壞了孩子，不能惜物的孩子將來一定如何如何……

掉，原先就是表述「搖擺」、「顫動」之義的字。《國語．楚語》上用溽暑之際不停揮擺尾巴的牛馬，來形容多征戰煩擾的邊境。此字从手从卓，於六書分類算是形聲，而這個形聲字的聲符也表示一部分的字義——「卓」，就是高。《說文》的作者許慎以為，卓字有「日在十上」，「十」又表示「中央與四方」，頂著個日頭，應該就是個表示「高高在上」的會意字。我卻以為這「卓」的解釋沒那麼迂曲，它就是一面高高舉起、形象顯著的旗子。左邊加上一隻手，乃是搖旗。

從搖擺，還能引伸出許多動作。像「翻轉」；蘇東坡有知名的十字句：「潛鱗有飢蛟，掉尾取渴虎」即是。此外，也有「整理」之意。《左傳．宣公十二年》描寫善戰者瀟灑臨陣的情態，作「掉鞅而還」（整理韁轡，從容不迫地歸陣）。還有，像是更晚起的「賣弄」，如「掉書袋」一詞，命意絕不是把書袋遺失、掉落而散漫一地，反而是高舉、晃動、招搖，應該是從最早的那支迎風招展的旗子衍申出來的。

但是根據《朱子語類》可知，在南宋時，這個字已經另有遺失的意思，估計和「拋開」、「扔下」、「減少」這一類的字義差不多，都是較晚出現的。

「你認為一而再、再而三地掉東西，該不該打？」

張宜搖搖頭。

「那麼我這樣問你好了：你認為爸爸喜歡打你嗎？」

「喜歡！」她笑著說。

這是個出人意料的答案，而我不能接受，遂益發嚴起臉道：「你從小到大，犯過不止三十次、三百次錯，我打了你幾次？有沒有三次？」

張容這時在一旁搶著說：「四次——有一次是在外面餐廳，你用手掌打過一次。」

「你不要廢話，那就是三次。」我轉回臉，繼續對張宜說：「這樣叫喜歡打你嗎？」

「你就是喜歡打我。」說時，她的聲音飽含委屈，但是眼睛還在笑。

「為什麼這麼說？」

「我如果犯了那麼多錯，你早就打我三十次、三百次了，所以我根本沒有犯那麼多錯。」

我一時為之語塞，「家法」不時輕輕拍打著自己的手心兒，一會兒，那棍子就掉了。

牙

正中齊平的為齒，在左右兩側形狀尖銳的稱為牙

早飯桌上，張容表情慎重地告訴我：「我好像吃掉一顆牙。」

「是該換掉的牙嗎？」

他點點頭，撥開嘴唇讓我看那豁了一枚犬牙的空洞：「我祇記得作了一個夢，夢見吃爆玉米花。」

「所以你把牙吞下去了？」

他看著我，微微帶些遺憾的表情，點了點頭。他知道我用一個臼齒狀的盒子蒐集了小兄妹幾乎所有的乳牙。當然，這樣的收藏不可能完整，有的小牙「掉在學校」，有的「放在破洞的口袋裡不見了」。

「這種事真的沒辦法，你應該看開一點。」他這算是安慰我了。

牙和齒可以指不同之物。一個說法是：正中平齊的稱為齒，在左右兩側形狀尖銳的稱為牙；另一個說法是：當唇者為齒，在輔車之後者為牙。在這裡，需要解釋的反而是「輔車」這個詞。輔，面頰之謂也。輔車，既是指面頰和牙床，也可以指古代車輪外夾轂之木和車輿——無論何者，都是指相互依存的狀態。《左傳》上引用古代諺語，就有「輔車相依，唇亡齒寒」的句子，用之以形容那些受分封的諸侯王之間密切的邦交關係，是很恰當。先民使用的金文裡有這個字，形如兩個左右相反、卻上下相嵌合英文大寫字母「F」。這就是在告訴我們：牙，沒有孤立一顆而能存在的。

牙字也有「咬」的意思，不過，作為動詞的牙字祇生存了很短的時間，大約就是漢代，此前此後幾乎都不用這個字表示嚙咬。但是作為名詞的牙，意義分化得便不少了。有專指象牙的用法，也可以借指形狀像牙齒的佩玉類器物。

另有一些時候，牙——就像「卓」字一樣——就是一面旗幟的象形符號。作為旗幟的「牙」，與原先動物嘴裡這堅硬、銳利的咀嚼工具全然無關，根本就是另一個字符，所指就是一種特殊的將軍旗。於駐守、行軍以及作戰之際，一般咸信：牙旗就是將帥的象徵，萬一折毀，於領軍之人極端不利。大概也就是從這個旗號的意義開始，「牙」既可以指軍中將帥所居之地，又可以衍伸出第二個動詞的意義：駐紮。甚至，此字也用來稱呼西北突厥等民族（特別是指那些常保機動戰鬥能力的民族）的王廷。再過一段時間，不祇是軍隊中有旗幟的長官可用，這個字甚至被用來借指一般的官署（也就是後來的『衙』字）了。

牙，也有中介之意。就飲食慣性言之，食物落肚之前，必須經由齒牙嚙咬碾磨，才好消化，這是一個可能的意義來源。此外，讓我們回頭看一看那兩個左右相反、卻上下相嵌合英文大寫字母「F」，便不難理解：相互依靠、相互結合，本來就是牙的生存之道，是以居間說合買賣雙方相互交易牟利之事遂以「牙」冠之，而有了「牙人」、「牙行」、「牙市」這樣的語彙。

「牙」字的特殊之處在於它顯示了一個不同的造字方向，這個字是在已經擁有了穩定的字義（咀嚼工具）之後，另因字形之別解（旗幟）而產生全新的意思。到了這天晚上，我跟孩子們解釋此一有別於尋常的造字原則時說：「新的牙好像根本不是從原來的牙洞裡長出來的。」

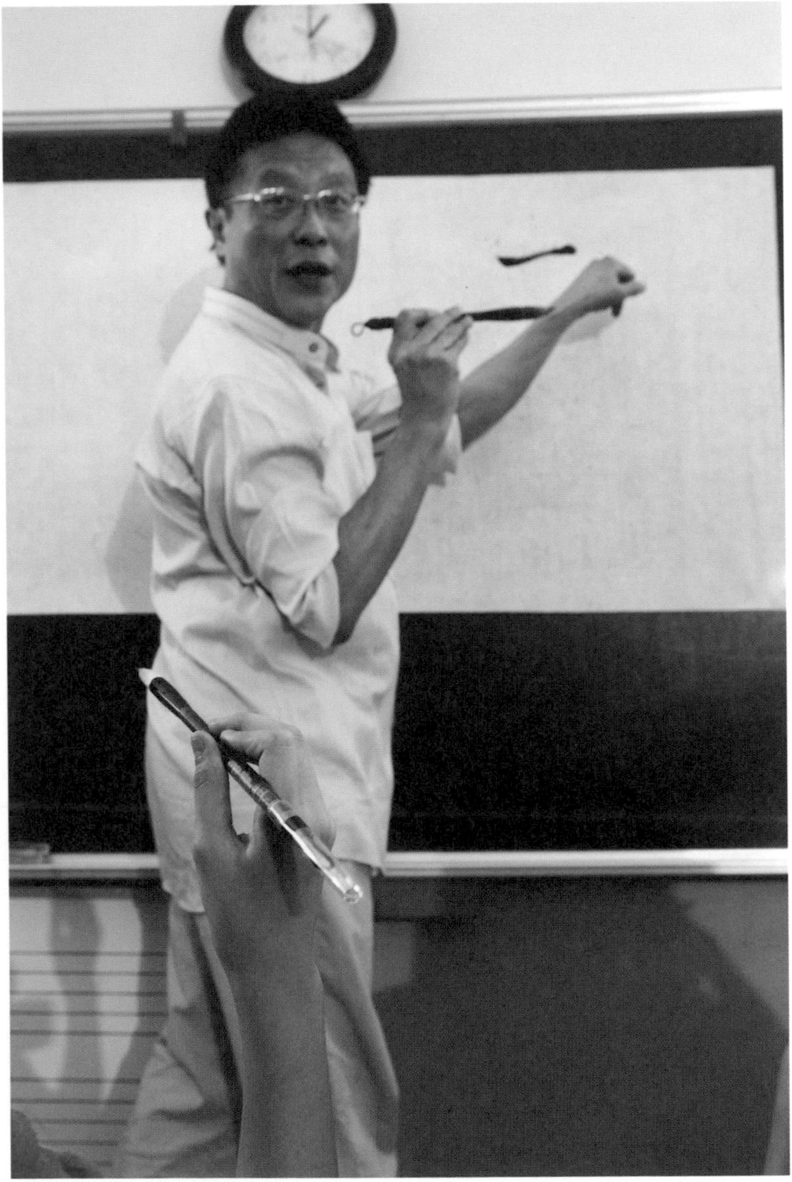

「你有時候會亂打比方。」張宜說。

張容則興奮地說：「我後來找到那顆牙了！原來沒有被我吃掉。它掉在床上——祇不過後來又被我弄丟了。」

更

改易、值役、取代甚至交替的意思

無論同甚麼人提起歷史小說家高陽，我總稱「我的老師」或「師傅」。他臨終前曾經抱怨我從不曾公開給他磕頭、行拜師禮，我當時的答覆是：「給磕頭有甚麼難的？蹭了您的名聲我心裡過意不去。」

跟孩子們說到這段往事，他們祇能以自己在學校裡的生活體驗來意會，於是自然會出現這樣的問題：「那他教了你甚麼？」

「他教了我數不清的東西。」我說。

「他教你寫字嗎？」張宜問。

我愣了一愣，忽然想起一個字來：「是的，他也教我寫字。」

高陽曾受詩學於周棄子先生，而周先生浸潤吟詠，獨得力於宋人家數，命意謀篇，修辭結句，常宗蘇、黃；尤其是在詩中轉折遞進之處，重視我們今天文法學上所謂的「副詞」。祇不過老輩兒的人不那麼分析詞性，總把副詞、連接詞之類通稱為「虛字」，棄子先生嘗謂：「擅用虛字，是宋詩大異於唐人處。」

這個用語上的小講究，似乎對高陽自己寫詩有著莫大的啟迪。或許是為了印證棄子先生的看法，他特別在唐人集中留意，倒也找著了不少「擅用虛字」的例子。我忽然想起的那個字，就是這麼來的。

劉長卿（又傳為皇甫冉所作）有〈登萬歲樓詩〉如此寫

道：「高樓獨上思依依，極浦遙山合翠微。江客不堪頻北望，寒鴻何事又南飛。垂山古渡寒煙積，瓜步空洲遠樹稀。聞道王師猶轉戰，更能談笑解重圍。」

高陽是這麼問我的：「這個『更』字，作何解？」

「更」，從金文看，是以手執杵擊柝（或鼓）之形，那就是打更了，古代夜間報時用此。一更過了又一更，由此而引申為改易、值役、取代甚至交替的意思。作為副詞運用，最常見的還可以作「越發」解──「欲窮千里目，更上一層樓」即是。但是在這首詩裡，用「越發」之意來解似乎說不通。

高陽說：「本來也沒甚麼難處，這叫『實字好認，虛字難說』，到了詩裡，『虛字』之妙，就是文字本身說不得，意思卻彷彿能夠體會。你說最後一句：『更能談笑解重圍』，究竟這『重圍』解得了解不了？」

「看上文是解不了。」

「那就是了！」高陽接著說：「所以這『更』字應當作『豈』字解，是個反問的用法。」

「從文字學上看，沒有這個道理。」

「這是詩，哪個跟你談文字學？」高陽帶些不屑的意思，接著說：「可是，這一句如果真給改成『豈能談笑解重圍』，語氣又太強硬了，反而像是在觸那個『王師』的楣頭了，劉長卿作意斷斷乎不至於如此。」

我似有所悟，一時間就算有了體會，也還說不明白，高陽接著又說：「那麼『十四萬人齊解甲，更無一個是男兒』，這裡的『更』呢？」

這是五代後蜀的花蕊夫人徐氏所作的〈口占答宋太祖述亡國詩〉，原文如此：「君王城上豎降旗，妾在深宮哪得知。十四萬人齊解甲，更無一個是男兒。」

「跟剛才那一句一樣，作『豈』字解，也說得通罷？」我說。

「不如作『竟』字解。」高陽說：「你要體會：就算字是倉頡造的，意思可不全歸他管；用字的人，本來就該發明意思。」

單憑這一個「更」字，以及「憑詩化字」的門道，以高陽為師，我是終身受用了。

剩

多餘的；僅有的

一定有甚麼哲學上的解釋能夠說明：中國老古人把「多餘的」和「僅有的」兩個全然不同甚至有些相對的意義概念卻用了同一個字來表達。我問張容：「我的袋子裡剩下一個包子，是表示我不要再吃這個包子了？還是我祇有一個包子可以吃？」

張宜趁張容還沒答話的時候搶著說：「我要吃。」

張容想了想，說：「是你不要吃了——咦？不對，是你祇有一個可以吃了——也不對，是你……」他迷惑了，忽然笑起來。不能解答的問題總令他覺得可笑。他暫且不回答，越想越迷糊，越笑越開心。

張宜接著問：「包子在哪裡？」

那一天我始終沒能回答這個我自己提出的問題。字典、辭書除了羅列出字的用法、慣例、一般性的解釋之外，當然不可能告訴我們：同一個字為什麼兼備相反之義？

從字形上看，「剩」字還可以寫作「賸」，《說文》歸入貝部，以為是「物相增加」的意思。清代的段玉裁在注解這個字的時候也提出：「今義訓為贅疣，與古義小異，而實古義之引伸也。」從增加變成贅疣，的確可以算是一種引伸。

另外一個說法就更迂曲了，秦始皇二十六年定「朕」這個字為「天子自稱」，說是天子富加四海，財貨充足，所以「賸」字是以「朕」作為聲符的。可是，在秦以前，朕這個字沒有甚麼尊卑之分，舜、禹如此自稱；屈原也如此自稱，它就是「我」的意思。朕的原意是指細小的縫隙，引伸為事物之徵兆，應該

送給孩子的字

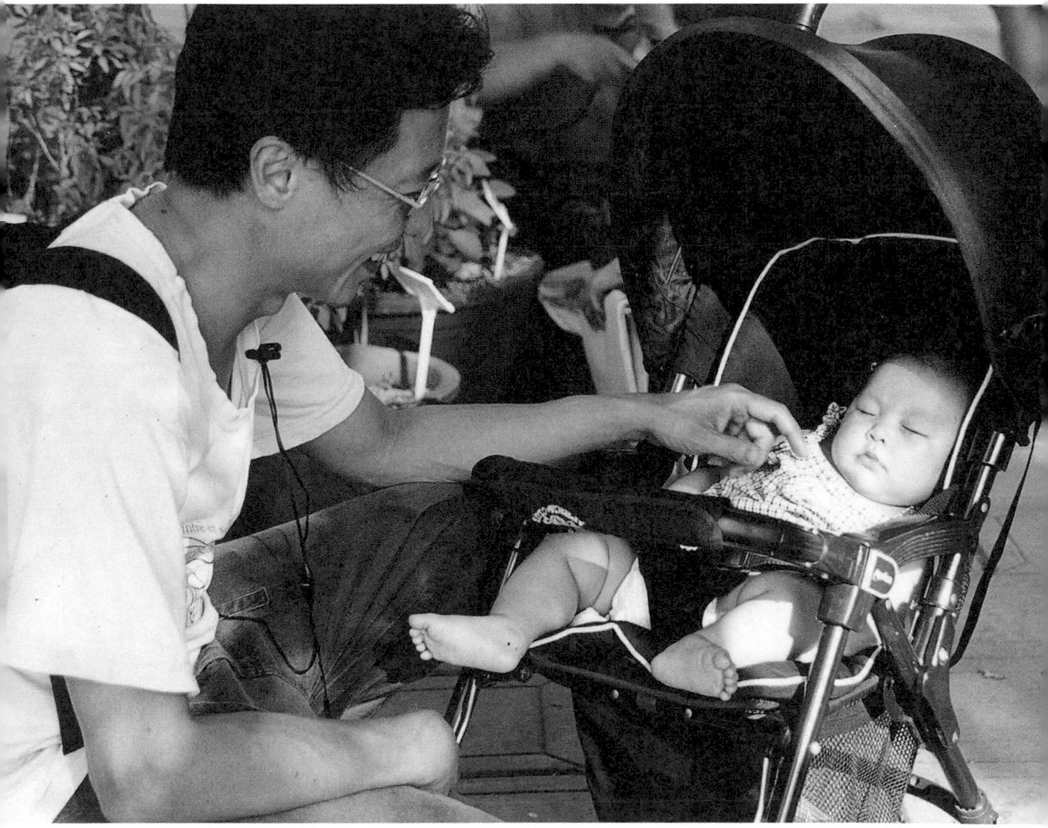

是基於同音字相假借才使「朕」成為「我」的代稱。

然而，回頭看「剩」這個字，除了「多餘」的意思之外，它還有「閹割」的後起之義。北魏時代的賈思勰寫《齊民要術．養羊》就有這麼一段話：「擬供廚者，宜剩之。」這裡的剩，是個殘忍的動詞。賈思勰甚至還說明了「剩法」，肉用的小羊初生十多天的時候，以布裹齒（象牙或其它堅硬的梳狀工具）犁碎小羊的睪丸。這個字有「騬」這個異形，可見騸馬也可用此字。

如果說也是因為同音相假借而使得「閹割」之義利用了這個字形，那麼，從「剩法」來解釋「剩」字是很清楚的——形符是把刀，音符「乘」也表達了一定的意義——《國語．晉語九》：「駕而乘材，兩鞁（音貝，馬具）皆絕」這裡的「乘」就是「碾壓」的意思。

肉用羊欲其生得肥大，割掉的東西是用不著、甚至妨礙所需的。可是，我原先的問題還在：「多餘的」、「不要的」、「需割除的」為什麼也是「僅有的」？

彩袖殷勤捧玉鍾，當年拚卻醉顏紅。舞低楊柳樓心月，歌盡桃花扇影風。□□從別後，憶相逢，幾回魂夢與君同？今宵剩把銀釭照，猶恐相逢是夢中。

這是宋代詞人晏幾道的一闋〈鷓鴣天〉，說的是久別重逢之情，「今宵剩把銀釭照」，這裡的剩，是「更」的意思，既有「非份」之義，又有「僅得」之義，顯然，相互對反、相互排斥的意思在詩人懊惱又欣喜的情味中得到統一，我們模模糊糊地感受到這一次見面是不意而得之，多餘的，恐怕也是僅有的。

我不覺唸出聲來：「今宵剩把銀釭照，猶恐相逢是夢中。」

張容說：「他又在仄仄平平仄仄平了。」

張宜說：「他根本沒有包子！」

哏

過甚、兇惡

哏，音ㄍㄣˊ，是個很年輕的字；據我大膽估計，其壽命還不到一千年，但是很可能就要死了，而且這字的死亡，還會使得另一個字多出一個新的意思來。

先就「哏」本身來看。它的本義和「很」或者「狠」是一樣的。既有「過甚」之義；也有「兇惡」之義。

以「過甚」義言之，例句如此：《元典章．工部三．役使》裡面有一段和今天我們所使用的大白話相去不遠的文字，是這麼說的：「如今吃飯的人多，種田人少有，久已後哏不便當。」（見《漢語大詞典》）。另外，以「兇惡」義言之，例句如此：元曲《救風塵．第三折》裡有一段家暴的場面：「則見他惡哏哏，摸按著無情棍，便有火性的不似你個郎君。」

在表達以上兩個意義的時候，「哏」的讀音與「很」、「狠」無別。

我們祇能就現存的文獻看出：「哏」字雖然攔取了「很」字和「狠」字的意義，但是並沒有取而代之。「很」字還是繼續維持它「過甚」的意義；而「狠」字則在「兇惡」之餘、偶爾也搶著表現「過甚」之義。像在《儒林外史》、《官場現形記》之類的小說裡，「大膽的狠」、「狠有錢」之類的話屢見不鮮，我們用字人也習以為常，不把它看成錯字。

讀作「ㄍㄣˊ」的「哏」是元代以後才出現的俗體字，斷不至於在初出現的時候就已經具備了日後所表達——有趣、滑稽以及笑點——的意義。從曲藝表現形式上可以常見，對口相聲裡主述搞笑的一角謂之「逗哏」，呼應襯托的一角謂之「捧哏」，「哏」這個字在北方方言裡可謂「俗白得狠」，根本不是一個生字，但是到了台灣，地方文化裡沒有這種形式，語言中就沒有這個符號，生小不聽相聲的孩子長大之後也許還認得 stand-up comedy 的字樣，卻聽不懂老相聲藝人或者是藉由曲藝中的術語來表達「好笑」、「可笑」之義的「哏」字了。

人們不認識「哏」字、卻又聽見有人發出了這個字的字音，從上下文判讀，猜想大約是「好笑」、「可笑」之義，於是，既不願意當場求問、也不願意事後查找，卻滿心害怕在俗用語言上落伍、想要跟著他人捕捉那個字音，並表達「好笑」、「可笑」之義的人該如何是好？這種人祇能想像一個音近的字，並且猜測它就是原字。不過，這種情況祇能訴諸個別的心理，無從風行普及，真正推廣者另有其人。

以傳播媒體的現況推之，我可以更大膽地估計：就是出於電視公司聽寫字幕的人員「無知的創造」，我們如今才會經常將該寫成「哏」的字，寫成了「梗」字。無知、懶惰且望文生義的不祇是這些聽寫字幕人員，還有上節目以及看節目的演藝人員、名嘴和傳媒受眾。大家不需要通過考試或學力認證，非但將「哏」誤認並錯寫成「梗」字，還硬是使得「梗」字居然有了「好笑」、「可笑」之義。

然而在這件事上，我並不想賣弄文字學的知識來嘲笑他人的無知懶惰，反而看見了一個活生生的、「訛字自冒為假借」的例子。以往在文字演變的歷史上，我們讀過許多字形相近、字音相同、字義相通但是原本很可能祇是便宜簡化或一時誤寫，久而久之，人人從眾，遂致積重難返的例子。但是我們很少能如此明顯地眼看著一個錯字取代了正字、並且在可以輕易追蹤其來歷、理解其謬誤的情形下，目睹所有的人寧可唸錯字而九死未悔——這，真是令人嘆為觀止！

「這樣比對解釋過以後，會比較清楚了嗎？」

「當然不會清楚的啦，這就是要讓你分不清楚的字嘛！」

我逐漸體會出一個道理：無論是大人，或者孩子，但凡學字、用字，都是透過一層表象的符號，去重新認識和迷惑著數千年（甚至更久）以來不同的人對於符號的專斷定義。「以」、「已」二字之經始而終，終而復始，有始有終，無終無始，引得我呆想良久，其中一定還有連綿不盡的奧秘…………

PART 3 很難學的字

對孩子來說，難的字，不一定是難寫的字。

張宜剛上小學、開始用字典的時候，意外地發現「匚」（音『方』）和「匸」（音『夕』或『喜』）是兩個不同的部首，前者左上、左下兩處皆是方角，收筆為一橫劃；後者左下是一圓角，收筆末端須向下略作彎曲。這兩個字在一般的電腦打字軟體裡是沒有差別的，在小學生用的字典中也必須依賴放大鏡才能辨識。我花了很大的力氣才一一辨明這兩個部首轄下之字有甚麼區別，但是轉眼還是忘了。

至於張容，說他永遠弄不清的就是「以」和「已」。「以為」、「已經」總是會寫錯。我只好把甲骨文、小篆拿出來比對，讓他認識「以」原先代表「始」、代表「原因」；而「已」則意味著「止」、意味著「完畢」。這兩個字在初文階段的字形就像兩隻蝌蚪一般，只不過是「頭下尾上」與「頭上尾下」的區別。他看了之後顯得非常驚訝，將字紙顛來倒去，說：「怪不得我分不清楚。」

藝

甲骨文中是一個人作跪姿，手持樹苗，正要栽植入土

車行經過以前我們稱之為「中華路南站」一帶，我總會多看那棟矮樓一眼，它跟我是同一年來到這世上的，後來叫「國軍文藝活動中心」，就佇立在中華路邊。此處曾經熱鬧過，夜夜有聚散喧囂的人潮；一度也跟著西門町商區的沒落而冷清。商區看似在人稱「西門圓環」的區域復活了，這兒卻寥落依舊。三十年來，我甚至連一次也不曾聽人提過它的舊名：「國光戲院」。

「國光」原本就是個戲臺，偶而舉行晚會、放電影，絕大部分的時候提供三軍劇校、劇隊演出和競賽，我打從四、五歲上就在這裡看大戲，生旦淨末丑、神仙老虎狗，最初的驚聲嘆豔，都在這兒。

五〇年代往矣，我上小學三年級的時候，國防部直接管控戲院，並擴大硬體設施，在這棟樓上增設了咖啡廳和畫廊，也開啟了以國軍思想教育為主導的文藝時代。父親當時在國防部任職，說起了一個故事：既然建物外觀煥然一新，又有了不一樣的名稱，面朝中華路幹道的大門上得有幾個能夠撐得起門面的鋼架金字招牌，該用誰的字呢？

蔣公？蔣公喜歡到處題字，隔壁中山堂裡還掛著他的金漆「親愛精誠」呢，總不成到處都是他老人家的字。于右任呢？前一年入冬剛過世。還有誰有這個份量呢？司官們想破頭，終於有人給出了個主意：集孫中山先生的字。

「可是集來集去，八個挺尋常的字裡，就有一個遍找不著。」父親當時這麼告訴我，多年以後我也拿同樣的話問孩子：「猜猜，是哪一個字找不著？」

父親帶些頑皮興味地笑著提示我：「孫先生是偉大呀！可是從這個字的不好找，看得出賢者不必百事皆能。」

多年前我沒答出來，多年後是我孩子的媽答出來了：「藝。」

是的，藝。據我父親說：執事者上窮碧落下黃泉地找，發現創建了我們這個國家的孫中山先生留下來的墨跡之中，祇有一個「藝」字。

藝，甲骨文之形，是一個人作跪姿，手持樹苗，正要栽植入土。這個在意義上包含了技術、成長、知識性和儀式性的字後來廣泛地指稱書籍（六經也稱「六藝」），更用來作為士人以上階級的共同教養：禮、樂、射、御、書、術為之「六藝」，還可以用來表達「法制」、「條理」和「極致」的意思；

科舉極盛的幾百年裡，八股文叫「制藝」，那是官定的邏輯與美學範式。過去百餘年間，這個字代表了文化專業的標準和高度。

手創一國的偉人畢生祇留下了一個「藝」字，好像總讓人覺得有些微涼的、幽峭的、說不出的遺憾。

張容卻忽然高聲說：「不可能！」

「甚麼不可能？」

「不可能祇寫過一次！」他皺著眉，噘著嘴、搖著頭，像是在思索某個如同手創國家一般嚴肅的問題。

「為什麼？」

「祇寫一次怎麼可能寫得會？他上小學的時候一定要寫很多次的。」

孩子說得對：有些字我們曾經認真地寫過很多次，祇是後來不了。

遺

餽贈、給予、遺失

小學都唸了快滿一年，還搞不懂「遺傳」這個詞該如何使用，這——不能怪教育部，不能怪學校，不能怪老師，也不能怪我自己或者媽媽，因為現在她這年紀搞不懂這個詞兒應該是一點都不重要的。

上面這一段話是我十分鐘之前面對張宜的時候心裡的獨白。這樣的獨白經常發生，祇要把「一」字換成「三」字，「遺傳」換成任何一個其它的語詞，立刻可以應用在張容的身上。這段話，就像一段熟悉的旋律，隨時會浮現在我的腦海裡。每當我再三勸服自己：不必對孩子們用語謬誤太過焦慮的同時，也會想到自己年幼時的情景——印象中似乎是這樣，我所使用的每一個語彙都曾經被父親指正過吧？我的父親、乃至於父親的父親，在他們成長的過程之中，應該也接受過更頻繁、更嚴厲的糾正吧？

我的作法是寧取其拙——重新把孩子從作業堆中或是玩具堆中喚過來，換個方式、換個故事，再說一遍：「跟你們說，孩子啊，『遺』這個字，我最近寫詩還用到呢，它還有『大便』的意思……」

聽到「大便」，張宜眼睛一亮，連哥哥都湊過來了。

先說個官名：在武則天時代，首度設立了「左右拾遺」這種官位，「拾遺」沒有一定的職掌，主要的工作是隨侍於帝王身邊，提供諷諫，好像撿拾帝王丟掉了的東西一樣，校正著他們的過失。《太平廣記・卷二百五十八・嗤鄙》上有一則引自張鷟《朝野僉載》的故事，說的是右拾遺李良弼的故事。

李良弼這個人自覺口才便給，言辯深玄，自請出使北蕃。但是匈奴人不吃他那一套，給他個盛了糞的木盤，加之以白刃，威迫他吃。李良弼害怕了，一盤糞吃得乾乾淨淨，才給放回來。原本就看不起他的人便譏笑他：「李拾遺能食突厥之遺。」此人氣節不好，遭遇契丹賊孫萬榮，居然用說文解字的方式勸當時的鹿城令李懷璧說：「這個賊姓孫，就是『胡孫』，也就是獼猴，很難纏的。他名字裡又有個『萬』，萬字有草，那就是在草裡躲藏的意思。野草藏獼猴，哪裡打得下來？咱們還是投降了吧？」也因為這一降，日後父子三人連同李懷璧一起落了個殺身之禍。

兄妹倆對於氣節如何是沒有一絲興趣的，他們露出嫌惡的表情、異口同聲地問：「他一整盤都吃了嗎？」

「都吃了，吃光了。」我畫了個鐘鼎文上的「遺」——一雙位在上方的手，交出一個象徵財貨的「貝」（也就是今天我們所寫的「貴」字），但是這個字旁邊還有個「辵」的偏旁，一般解之為「亡去」，東西掉了、因贈送他人而失去了，皆出此義——「所以這個遺字，既有餽贈、給予、也有遺失的意思。」

「那真的會很臭！」哥哥捏著鼻子說。

妹妹也捏著鼻子：「一整盤！哇！」

「至於『遺傳』這個詞——」我努力找回原先的話題：「一定是由我和媽媽遺傳給你，你是不可能遺傳甚麼給我的（我做了一個「給予」的動作），知道嗎？」

「我也可以把腺病毒、輪狀病毒還有感冒病毒都遺傳給你，」張宜看似從鼻子前方抓了一把空氣，扔過來說：「還有臭味，也遺傳給你！」

我祇能假想：她大概懂了這字的意思了。

矩

工匠所使用的，帶有直角的曲尺

我常在看孩子們玩耍的時候生出懷疑：人總是在與規矩的搏鬥中發現遊戲的真趣。孩子越來越熟練地玩著，忽然間創造了一個原本不存在的規矩，世界從此豁然開朗。

文字的進展亦復如此，原本造字的規矩粗備，但是表義達情仍不敷應用，忽然有人（我相信絕對不祇一個人）發現了巧取豪奪之法——為什麼不搶來一個原本就有的字符，去表達一個嶄新且難以具體表述的意思呢？

在大學時代令我最感困惑的課業是文字學，最感困惑之處則是如何判斷一個字究竟屬於「六書」之中的哪一「類」。有些字，望之若「象形」，解之成「指事」；有些字，明明是字中諸形符「會意」而成，但是偏偏其中有一部分也接近了本字的讀音，那就得歸為「形聲」了。還有些字，看似有著明確的形符和音符，可是從文字發展的歷程上看，我總不能斷言：此字究竟是先有了它的形符、再加上一個注音符號；抑或是先有了一個表音的記號，再補充以形符、作為意義的補充說明呢？

有些文字學家告訴我們：佔中國文字裡大多數的形聲字聲符是不具備意義的，它就是這個字「字中的注音」，然而也有像魯實先這樣的學者強調：「形聲字必兼會意」。於是接下來我們更有了調和之論：「形聲字多兼會意」。

如規矩的「矩」字。在現有的甲骨文、金文資料之中，都找不到這個字。到了小篆通行的時代，此字已經寫作一個「矢」字偏旁，加上一個看似作為聲符的「巨」字。明明是聲符，何以說「看似」呢？這道理很簡單：「巨」也有可能根本就是「矩」的本字，所表達的就是「工匠所使用的、帶有直角的曲尺」這樣就不能把「巨」單單當作是一個「聲音的符號」了。

「巨」，甲骨文寫成兩個作十字交叉的「工」，像十字尺之形，金文則是一個人手持一形體略長的「工」字，在中間那一豎的右側，有一個像是把手一般的半規，顯然是指工師用尺作丈量狀。許慎《說文》就以這個「巨」字為規矩的「矩」字的「初文」，「初文」一旦被「有義無文」的字假借而去，祇好再累增字符以表達原本的意思。也由於先民原本沒有表達抽象意義如巨大之「巨」的字符，索性就借奪了具備這個字音的「巨」字，而使原先表達工師用尺的「巨」不得不增添一個「矢」的偏旁。但是，當這個「矩」字又因使用時多用已表達「規則」、「範式」、「既有而不可更改的準據」，作為「工師用

送給孩子的字

尺」的本字祇好再增加一個木字形符，成了「榘」。一個規規矩矩的字，祇因好寫、好用，被它字借東借西，加以本身不得不改頭換面，成就了許多新的字。

張容和張宜下跳棋、下象棋乃至於下圍棋，都已經下了好幾年。有時兄妹對決，有時找我湊興，有時遇到來家作客的高人，也會請教幾盤。如此角力，卻都不如他們自己邊玩邊立新規矩的遊戲來得過癮。但是當我看他們以走象棋的方式下圍棋的時候，忍不住出聲制止：「黑白子下定了就不能動的，這樣太破壞規矩了。」

「有嗎？」張容說：「我們祇是借用一下象棋的規矩呀！」

「對呀，反正都是規矩呀，而且這樣比較好玩！」

「這是不可以的。」

「為什麼甚麼事都要按照你說的規矩？照規矩有甚麼意思？照你的規矩一直玩一直玩會很無聊你知道嗎？」張宜站起

來，手插著腰，連珠砲一般地說道：「為什麼我們不能用自己的規矩？如果你寫稿我們也叫你照我們的規矩，第一個字一定要寫『我』，最後一個字一定要寫『們』，你也可以寫得出來嗎？」

我想了想，說：「最後一個字寫甚麼？」

張宜更大聲地說：「『們』！」

節

原本描繪的是一個人就定位、準備吃飯的狀態

母親節開始逐漸商品化的那個年代裡，每到四月下旬，電視廣告就不斷提醒為人子女者：該掏出點銀子來表達一下對媽媽的感念了。我父親總笑說：「這是『祭如不在』！」那時還不流行在父親節向仍舊健在的父親表達集體的商品禮敬之意，父親為此深覺慶幸，像是逃過了大劫。

我自己當了父親，看著母親節前孩子們應付各式各樣的應景活動；要畫卡片、要寫信、要作詩、要手製小禮物，還得準備才藝表演，好像該感謝的媽媽不只一人。我於是脫口問道：

「父親節就沒這麼忙，真是奇怪呀？」

張容繼續寫著他的感謝狀，一面說：「不可能的。」

「爸爸對你們付出得不夠，是嗎？」

「不是，」張容露出那種「這麼簡單的道理你都不明白嗎？」的表情，看我一眼，說：「因為父親節一定是在暑假裡，學校管不到，懂嗎？」

是了！公共意志及其權力所不及之處，不足以言節。

「節」的物性本意不難解，是指竹子生長到一定的長度就會有「約」——纏束。而「節」這個形聲字的聲符是「即」，即，就也。這個字原本描繪的是一個人就其定位、準備吃飯的狀態。今人喜言「到位」，話說得對，謂之「說得到位」。錢入了戶頭，謂之「錢到位了」。我聽過「到位」一語應用極致的例句乃是：「某人一個離婚辦了十年，還不到位。」

《易經》上說：「君子以慎言節飲食」這種人倫教訓應該

是晚出且附會的意思；然而附會並非無理。把竹子的粗硬部位當作是一種禮儀傳統的約制，甚至要將這約制內化成為一種修養、或是收斂欲求的鍛鍊，這個字就摻和了「公共」所加諸於「個體」的規範。

天地四時以應於農事者，便有了二十四節氣；王命授受而施之於行人者，便有了旌節、符節、虎節；連為了方便認知而不得不將客觀事物加以分類、區隔，也用上了這個字。《淮南子．說林訓》說：看見了象牙就知道象比牛大，看見了虎尾就知道虎比貍大，這是「一節見而百節知」的道理。此外，在音樂上也用這個字，所指的是樂曲或歌唱的拍子。「和樂為之節」、「制樂以節」皆屬此義。在政治架構上，節有次第、等差的意思，在律例架構上，節有法度、準則的意思。可見「節」字在中國人廣泛的引申之下，確然有一個不斷鞏固的「公定」「公設」之意。當有人這麼說：「臨大節，不可奪也！」你就得留神了，這是明明白白地告訴你：形勢比人強，你要有在劫難逃的準備。公定、公設了某個角色能有「一節之得」，表示此人斷斷乎脫離不出社會的常軌。

「我覺得甚麼節都有得說，」我一本正經地跟張容說：「就是『兒童節』一點沒道理。」

「為什麼？」他放下了功課，像是要捍衛他的權利的模樣。

「兒童對任何人沒有貢獻，總是把家裡弄得很亂，喜歡頂嘴，衛生習慣很差……」

「那也是你們大人的責任，」張容一本正經地說：「你們大人如果不交配，就不會有我們兒童了！」

震

易卦裡，是一個震上震下、萬物發動之象

爗爗震電，不寧不令。百川沸騰，山冢崒崩。高岸為谷，深谷為陵。哀今之人，胡憯莫懲？

這是《詩經．小雅．節南山之什》的第三首〈十月之交〉的第三段。詩序將整首〈十月之交〉解釋成諷刺周幽王的暴政，鄭玄箋詩則以為所刺的對象是周厲王。

後來的說法更多了，有援引各種天文和地理資料證明周幽王二年和六年的時候分別發生過日蝕、地震的災變，因此而旁證了此詩所「刺」的對象應該是周幽王的寵臣「皇父」——這兩個字是一個姓，為春秋時代宋國的公族，秦時遷徙到茂陵之後改稱「皇甫」氏。而早在周幽王時代，這個高居卿士、總領六官的「皇父」很不得人心，所以兩千多年以來，拈題「詩教中尖銳的諷刺」，都會以〈十月之交〉為範本；而指稱「無能的寵臣」，亦逕以「皇父」呼之。

可是事情可以不可以倒過來看呢？皇父冤不冤呢？

〈十月之交〉的敘述大致是順時性的，詩文首先指出：在周曆十月上旬的時候，發生日月蝕天象「告凶」，接著就是前文揭示的地震劇變。詩人隨即直指皇父和他的權貴「同黨」等八人的身份，以及權貴拆除牆屋，破壞田地，以及進行大規模的遷都，將國家的貴室、權臣和庫藏積蓄都遷移到「向」（今河南濟源）這個地方，建構新城市；皇父甚至連一個可信、可用的老臣都不肯留給「我王」。詩人在詩篇的最後還強調：像這樣的小人能夠得以相聚而晉用，一定會釀成災禍，我（詩人自己）可不能像其他人那樣漠不關心。

看來這首詩的作者是一個孤忠耿耿的小臣，由於天象地變，興起了對於掌權大臣無限的怨望。可是，這位詩人有一件事說不通：既然詩中明確言及「豔妻煽方處」，所指當然是指周幽王寵幸褒姒，其勢熾盛，不可動搖，則罪魁可知；但是為什麼詩人勇於譴責皇父，卻無一語及於「我王」的罪惡呢？歷來說詩經的「刺」，都指稱其溫柔敦厚，我看這是醬缸裡的薰染，一貫模糊了真正該被指控的焦點。

然而，皇父或許祇是個替罪的大臣而已。

事實很可能要從另一面看：皇父——一個強勢作為的幕僚長——在天象「示警」之後，歷經三川地震的實質災變，目睹土地崩壞、田園殘破，便和周的宗室、貴族以及大臣們商議，做成了並不符合小老百姓當下利益的決定：位於受災地區的岐原破毀不堪，我們應該立即東遷到「向」（即詩中所謂「作都于向」），重建家園，並另築都城。這是去不復顧的一次大移動！皇父真正體會了這個動態。

大規模往東遷徙，在稍晚的周平王時代是一樁無可非議之事，但是在皇父，卻彷彿是一樁天大的罪行了。皇父祇不過比較早一點揭發了當時大部分安土重遷的人們所不願面對的inconvenient truth——有一塊生我育我養我飼我的土地已經毀了我。

震，以易卦言之，是一個震上震下、萬物發動之象。台灣的九二一集集大震以至四川的五一二汶川大震都帶來了巨大的災難和傷慟，餘震未息之際，能發動的好像還有更多，全世界最大規模的哀悼與救援捐助也動起來了，我在目睹死傷者痛苦時掉下的眼淚，也常常是因為不慣體察而忽然湧現的陌生人的慈悲，而眾人的慈悲一旦發動，其勢沛然莫之能禦。

震，天地以此提醒人們：我們還活著，而且世界也還在不息地動著。兩個孩子問我：「地震會不會來？」我說：「當然會，但是地震來時我會趴在你們的身上。」他們於是沉沉睡去。

亂

也有「治」的意思

頂上一隻象形的手，底下一隻象形的手，中間有個「8」字，是「絲」的意思，這個「8」又顯然是放在一個工作用的架子（橫寫的「工」）上，這是可以列入「百工圖」的一幅寫實之作。這個字和「䜌」相通——「䜌」字的古文則是上面一根橫槓，中間三把絲，作「888」並列，底下正是一隻理絲的手（而不是後來訛寫的「木」）。

在鐘鼎文裡面，已經有寫法不盡相同的、表述兩手理絲的字，它就是後來的到隸書之後才約略定形的「亂」字。但是金文字形並不統一，它還有一個異體，可以作為隸書「亂」字的直系祖親，那就是在上下兩隻理絲的手的右邊，又加一個形符，在石鼓文（詛楚文）中寫來就像隸書、楷書裡亂字的右偏旁——一般我們把這個有點像「乚」的形符當作「乙」。今天在一般繁體字字典裡。亂字就歸屬於「乙」部。我們應該覺得好奇：為什麼在兩隻手（象徵在機械工具的兩頭面對面的兩個人）合作理絲反而有亂的意思？右邊這個「乙」發揮了甚麼作用？學者一般解釋這個「乙」是「亂絲」，我跟孩子們解釋起這個字來則另有本事。

這一天早飯吃得從容，我隨口問張容：「你覺得那個字最難寫？」

「亂。」張容伸個懶腰說：「不是因為筆畫多喔，『亂』的筆畫並不多，而是筆畫亂；不整齊也不均勻，每一筆都歪歪扭扭的。怪不得叫它『亂』。」

我把這個字的金、石、小篆文分別畫給孩子們看，上下各有一首，中間的「8」和橫置的「工」既整齊、又均勻，一點兒也不亂。這時我問他們：「如果沒有多出右邊這個『乚』，你會覺得它『亂』嗎？」

「還滿好看的。」張容說。

「右邊這個『乚』，有人說這一劃是表示亂絲，我卻不以為如此——」我神秘兮兮地說：「這個『乚』應該是一個人，忽然從旁邊衝出來，眼看就要打翻架子，把剛才這兩個人整理好的絲完全破壞了。」

說文乙部的「亂」字小篆恰然如此——這個後來從右邊出現的人（不知道是不是故意的）衝撞過來的勢頭不小，身體傾側；也正因為這一筆的加入，原先穩定平衡的字顯得歪斜了、甚至顯得有些扭曲了。

作亂、變亂、禍亂、離亂、戰亂……都從這個意義上釋出，不難理解。但是，亂字也有「治」義——又是那個「相反為訓」的作用——最早也最著名的例子就是《書經．泰誓》所謂：「予（這是周武王的自稱）有亂臣十人。」這裡的「亂臣」，所指的正是周公旦、召公奭、太公望、散宜生……等「能臣」的意思。

在「亂」字的諸般解釋裡，最「亂」的一個要屬「樂曲的終章」謂之「亂」。在古代的賦體之中，每於篇末都有總承全文要旨的一段文字，節奏比之前各個段落都要快，所謂「繁音促節」，似乎是一種總覽式的回顧。這異樣的快節奏，彷彿忽然衝撞過來的人即將打亂一盤理好的絲——也正是這種與前文的音樂性大異其趣的「亂」，讓人倏忽一驚！啊——

回頭一看，原來人生匆促！

跟孩子說這個道理，他們當然不懂，我吼叫的是：「回頭一看——啊！房間太亂！」

疵

皮膚上的小黑點

孩子們開始大量學成語、用成語的日子已經神不知、鬼不覺地降臨。有些時候，你會感覺這是一種柔性的語言暴力過程。張宜升上二年級的第二天，一放學就跟她媽說：「今天我碰到一個自以為是的女生。」

「那你運氣算不壞的了，」我開玩笑地說：「我今天老是幹一些自以為錯的事。」

「你不要這麼自以為是好嗎？」

將近四十四年以前，我也是這樣的。為了練習「墨守成規」這個成語，我明知故問：「吃餃子都要蘸點兒醋嗎？」父親一面把蘸了醋的餃子送進嘴裡，一面點著頭：「蘸了醋味道好啊！」

「這不是很『墨守成規』嗎？」我說。

我父親看一眼小碟兒裡的醋，再看一眼我，說：「你當然可以不必墨守成規。」說著，便撤去了我面前的餃子。

到了這個階段，孩子們對於學習單一的字的興趣反而不如先前強烈，他們喜歡把初學乍練的「四字真言」成套成套地拋出來砸人，大部分的時候不論其正確與否。比方說：當張容不想去某處用餐之際，會高聲強調：「我可不想去那裡大飽口福！」當哥哥想要解釋某個紙牌遊戲規則的時候，張宜也會說：「你不要老是吹毛求疵好不好？」一旦亂用，還得重複好幾遍：「你這樣吹毛求疵，人家還怎麼跟你玩下去呢？你這個亂七八糟的吹毛求疵！」

「『疵』是甚麼意思？」像是忽然逮著了難能可貴的機會，我趕緊問。

哥哥顯然看穿我搞「機會教育」的陰謀，說：「玩撲克的時候不要講東講西的啦，這樣很不容易專心。」

我祇好鎖定目標，指著張宜手臂上的黑痣說：「這就是『疵』，皮膚上的黑病。」

「那是痣，不是病。」張宜盯著我的臉巡了兩圈，說：「你明明知道那是痣呀，你滿臉都是呀。」

張容一面洗著牌，一面不大耐煩地說：「那是老人斑好嗎？他現在臉上長的都是老人斑了你不知道嗎？」

老人斑一定程度上象徵著狡猾罷？我做出「既然事有蹊蹺，何不一探究竟？」的表情：「太奇怪了！為什麼『疵』這個字裡面，竟然會有一個『彼此』的『此』字呢？為什麼皮膚上的小黑點兒，要用『此』字來表現呢？」我一面說著，一面指著自己臉上打從離了娘胎起就冒出來的老人斑。

張宜似乎給激起了一點兒興趣，低頭看看自己的手臂，摸摸她臉上長了小黑痣的地方。

「就是因為皮膚上的小黑點兒太小，不容易找到，所以一定要指出它所在的位置，這就是『此』——『在這裡』的意思；『吹毛求疵』也是這麼來的；長在頭髮裡的小黑點兒本來不容易被人發現，可是你一定要挑剌兒、找麻煩，吹開了頭髮也要找著，這就是『吹毛求疵』的來歷了。」

張容終於忍不住，皺著眉，扭曲著臉，抗議起來：「我們現在能玩的時間已經很少了，很不夠了，還要講這麼多，你實在很『吹毛求疵』你不知道嗎？」

「他的『吹毛求疵』很大顆，是老人斑，不用吹頭髮就看得見。」張宜很有自信地跟哥哥說。

反

本意是用手翻轉原本向上生長的（植物），使其「歸於本」

張容和他班上的同學組成的紙上國家發生了動亂。陳弈安基於抗稅的理由宣布脫離母國，另外手繪了一幅世界地圖，並且在原先的國土之外添加了一塊同屬虛構的土地，自立為新國總統，還帶走了原先的陸軍總司令翁睿廷——條件是不必繳稅。這場動亂的結果令大家都很高興，因為原先願意納稅的國民不會處於相對不公平的社會之中，而新成立的國家也宣布：不會對母國發動任何不義的攻擊。身為母國的民選總統，張容覺得這真是得意的一天，竟然不停地哼唱著歌曲。

你們三個不是好朋友嗎？為什麼你會覺得陳弈安和翁睿廷離開你的國家是件好事？」

「好朋友不一定要是同一國的。」張容說。

「他們這是造反呀！你不覺得應該鎮壓一下嗎？有人造反，你幹總統的不管，假如大家都造反了怎麼辦？」

「那我就更輕鬆了。」

反，在中國人安於現實的常情裡，不是甚麼好字，給人的第一印象是翻轉、叛違、背離甚至怪悖。這個指事字以右邊的「又」（即「手」）為基礎，而左邊的「厂」則表述了手的狀態，是一種「翩翻」的狀貌，也就是說：這是一隻翻覆反轉的手；翻雲覆雨手。

講究的文字學者還會糾正我們：「反」字的第一筆「一」，是橫劃，不可以寫成斜劃——參考金文、小篆可以得知，「厂」的確都寫成了九十度，規矩得像個三角板上的直

角。倘或如此，那麼「翩翻」之義又是怎麼從那直角裡生出來的呢？這個疑點很明顯：歸納此字部首於「厂」部，可能祇是因為字形同化而然，但是究其原委，可能還得尋繹甲骨文的痕跡。

在更早出現的甲骨文裡，反字左邊的兩筆呈現的是大約一百五十度的鈍角，比直角要大得多，看似是被右邊那隻手折得稍微彎曲的一根樹枝。那麼，請容我跟文字學家的慣解唱個反調：這個字原來是用手將「丨」（讀若滾）折回的意思。易言之：「反」的本意不是手的翩翻，而是要用手去翻轉那原本向上生長的（植物），使其「歸於本」。所以《禮記．樂記》上有這樣的話：「反情以和其志。」注曰：「反，猶本也。」這裡甚至已經直指「反」字即是「本」字。而「反」字在《左傳》、《國語》、《史記》之中也都有「還」、「回復」、「回報」的意思。試看：強加人力於向上生長之物，使之反於本，的確有違乎自然的物性，這才衍申出叛違、背離甚至怪悖等意義來的。有趣的是：「造反」——一個看來是違逆其本國國家意志的語詞，居然是從一個回返於本的意象上演化出來的。

在總統應不應該放任人民造反這個話題結束了幾個小時之後，張容上完例行的鋼琴課，看起來的確更輕鬆了，仍舊愉快地哼唱著歌曲。

「他今天怪怪的。」張宜說。

「他的國家分裂了，可是大家反而變成更不容易吵架的朋友了。」我說：「這難道不令人高興嗎？」

「我覺得他是過度興奮。」

「別忘了：你興奮起來也是這個樣子的。」

「不不不，我跟他都相反。」張宜說：「我總是刻意保持低調的。」

冓

將許多木材縱橫架合起來

張宜還不能認字的時候，看見一家子裡另外的三口人手上都捧著書本，應該是有些不安的。一旦手捧書本的人一頭栽進書裡去了，也沒有人能記得她還給閃在外邊。所以張宜自行「兌付」出一種能力——抓起一本隨便甚麼書，大聲唸著自己隨口編成的故事。

在這種時候，張容總是嫌她吵，兄妹往往因此而拌起嘴來。久而久之，當張宜宣布她要「講一個故事」的時候，張容一定會捂起耳朵、歎一口大氣，並且偷聽。

以下是一個森林裡的小兔子迷了路，誤闖人類的小學的故事。

「小兔子走著走著，走進人類的小學教室。在這間教室裡，正好有個小朋友生病請假，小兔子就坐在那位小朋友的位子上，跟著大家一起上課。過了不久，下課鐘響了，所有的同學都跑出去玩；小兔子卻一動也不動，因為牠聽不懂人類小學的鐘聲有甚麼意思。又過了不多久，上課鐘又響了，同學們都進來了，小兔子還是不明白大家這一次匆匆忙忙跑進來作甚麼。可是，再上了一陣子課以後，小兔子忽然覺得尿很急，就在位子上尿了。老師連忙說：『小兔子小兔子，你怎麼在教室裡尿尿呢？剛才下課為什麼不去上廁所呀？』小兔子說：『我不知道甚麼是下課呀？』老師說：『打鐘就是下課呀，你沒有聽到打鐘嗎？』小兔子說：『在森林裡的動物小學沒有打鐘這種東西呀！』老師生氣地說：『那也不可以在教室裡尿尿呀！』」小兔子回答：『森林裡的小動物都是在教室裡尿尿，整

個森林都是我們的教室呀！』」

這是令張容第一次發出笑聲來的故事，還讚賞了一句：「這個故事蠻好聽的。」

「你知道它為什麼好聽嗎？」我問。

「小兔子尿尿在教室裡很好笑。」

「不，」我說：「是『結構』使得尿尿好笑。你看：故事裡的鐘聲、進進出出的小朋友，以及森林小學所沒有的東西……這些都是故事裡不斷重複的元素，是『重複』讓故事產生了趣味——」

「構」這個字是個形聲兼會意字，聲符「冓」在甲骨文、金文和小篆裡都有，方筆圓筆不一，但是上下以及左右的結構皆顯示出一種均衡的美感。《說文》將這個初文解作「交積材」（將許多木材縱橫架合起來），原本是「積架木材」這個意義的動詞，後來在使用上演化出「房舍」的意思，而本字

（冓）於是被假借義所專，祇好另加形符（木），以表本義。

「冓」這個聲符還有另一個「大數」的意思。在民國二十年教育部的通令之下，此一字義被「禁止使用」——可見教育部干涉了許多不該干涉的事，而這種壞習慣顯然非自今日始；不然的話，我們今天「十百千萬億兆」之上，還有「京垓秭壤冓澗正載……」這許多「大數」之字。其中，「兆」以上的許多個字，有十進位之說，也有萬進位之說，甚至還有億進位之說。

被賦以大數之字，可見「交．積」——也就是「交織」與「增多」——是一組彼此不可須臾離的共生概念。就連另一個累增字「講」亦復如此。「講」也是一個聲符具備意義的字，最初用以表示「折衝」、「調解」、「說和」；顯然與「媾」相通。古往今來的調停、謀和，恐怕非得要再三累積不能竟其功，果然是數之不盡、艱難萬分的——要「講」到天文數字那樣多次，也未必能不打鬧——你看這對兄妹就明白了。

遵

依循

「酉」字的甲骨文毋須深識，一眼看上去就知道：是個平口細頸寬肩圓腹、還帶一個尖錐底兒的器皿，原意則是指器皿中盛裝的「酒」。大約還是基於文字的假借作用，「酉」把字形借作地支的第十位去用了，本字祇得另外加上一個水字偏旁以表示原來的意義。

無論是甲骨文、金文或小篆，在「酉」這個初文字符上方加兩撇或三撇，呈冒氣狀，便是一個「酋」字。這個字的意思就多了，有說是代表「西方」、有說是代表「魁帥」、有說是代表「過熟而有毒的酒」，也有再引伸「過熟」而成其為「終」的意義——也就是最後、末了的意思，與「就」、「成就」同義。

這個酒壺之字接下來的的發展就更複雜了，老古人可不管原先作為「酒器」之字的「酉」字頂上根本不曾冒氣兒，也不介意冒著氣兒的酒極可能是毒酒，後來祇要是碰上與祭祀、款待賓客有關的活動器物，都把那兩撇「酒氣」給帶上，於是，底下添畫上兩隻手（爾後簡化成一隻手）的「尊」字也出現了。這個字，總意味著地位高、輩份長，表看重、推敬、崇禮、貴顯之意——據說是和先前所說的「祭祀」這個活動的概念有關：祭有酒，奉飲之時必有禮節、法度。

先前我在嶺南大學授課，暇時偕好友過青山古寺，見山門背面有一聯：「遵海而南，杯渡情依中國土／高山仰止，韓公名重異邦人」。下聯的「韓公」指的是韓愈，傳說他來過屯門，此事於史本無確證。不過，上聯的杯渡和尚卻真是將近一千六百年前南來弘法的高僧，據云此僧隨行攜一巨杯，每當遇到須要渡河的情境，便藏身於杯中，以避波濤。

這個沒有情節的「段子」很有一點兒象徵性的傳奇況味。我在高中時代初次讀到這個故事的時候，還沒有修習過聲韻學，不知道「杯」與「悲」古音根本不同部。於是我曾經毫無根據地想像：「杯」會不會是「悲」的轉喻？佛家不是常常強調：「無緣大慈、同體大悲」嗎？這隨身帶著一個木製巨杯的怪異和尚，或則即是「身負大悲宏願」者的一個譬喻？這當然是望文生義——而我自以為是了好幾年。

至於上聯的「遵海而南」一語，出自《孟子．梁惠王下》：「吾欲觀於轉附、朝儛，遵海而南，放於瑯琊。」這裡的「轉附」、「朝儛」、「瑯琊」，在今天叫「芝罘島」、「成山

角」和「瑯琊山」，都是山東沿海的山名。原文裡的「吾」是齊景公，這是齊景公為了仿效古代帝王從事長途壯遊而徵詢於宰相晏子的一段話，「遵海而南」一詞就是指「沿著海岸向南方一直行去」的意思。

我把這副對聯解釋給張容聽，告訴他：遵守規矩做人行事，就不會犯錯受罰，就好比「遵海」的意思是循著海岸線一直走，自然不會掉到海裡去。

張容聽了，點點頭，說：「喔。」

「你不覺得從『酒杯』到『依循』，這中間的意思差得很遠嗎？」

他想了想，又點點頭，可是隨即又皺起了眉毛，說：「可是還不夠奇怪。」

「甚麼叫『不夠奇怪』？」

「一個和尚隨身帶一個大杯子走來走去才奇怪。」

「我卻覺得杯渡和尚整個人恐怕就是這一個『遵』字的化身，」我說：「越想越有道理，這一點兒都不奇怪。」

「不是我說你，你的問題就是想太多。」

拆開來看，這字有五個零件，大小不一，疏密有別，孩子並不是都能認得的。不認得沒關係，因為才寫上沒多久，有些零件就因為紙質的緣故而消失了，樂子來了。一個比較成熟的小朋友說：「這是蒸發！」

我還沒來得及告訴他們：「聲」字在甲骨文裡面是把一個「磬」字的初文（也就是聲字上半截的四個零件）加上一個耳朵組成；也沒來得及告訴他們：這個「磬」，就是絲、竹、金、石、匏、土、革、木「八音」裡面最清脆、最精緻，入耳最深沉的「石音」；更沒來得及告訴他們：這個字在石文時代寫成「左耳右言」，就是「聽到了話語」的意思。

這些都沒來得及說，他們紛紛興奮地大叫：「土消失了！」「都消失了！」「耳朵還在！」

既然耳朵還在，你總有機會送他們很多字！

PART 4 送給孩子的字

孩子學習漢字就像交朋友，不會嫌多。但是大人不見得還能體會這個道理。所以一般的教學程序總是從簡單的字識起，有些字看起來構造複雜、意義豐富、解釋起來曲折繁複，師長們總把這樣的字留待孩子年事較長之後才編入教材，為的是怕孩子不能吸收、消化。

但是大人忘記了自己還是個孩子的時候，對於識字這件事，未必有那麼畏難。因為無論字的筆畫多少，都像一個個值得認識的朋友一樣，內在有著無窮無盡的生命質料，一旦求取，就會出現怎麼說也說不完的故事。

我還記得第一次教四個都在學習器樂的小朋友拿毛筆寫字的經驗。其中兩個剛進小學一年級，另外兩個還在幼稚園上中班，我們面前放置著五張「水寫紙」——就是那種蘸水塗寫之後，字跡會保留一小段時間，接著就消失了的紙張——這種紙上打好了紅線九宮格，一般用來幫助初學寫字的人多多練習，而不必糜費紙張。我們所練寫的第一個字是「聲」。

寵

有堂有室，有縱深、有側翼的宅邸

胡雲龍，一個名字。繡寫著這三個字的名牌掛在那愛笑、愛耍寶的士官胸前。他向父親行了個標準的軍禮，算是領受了照顧我的命令，要一路到陽明山。我們倆坐在軍用交通車的最後一排正中間；父親和母親則在另一車。我感覺被拋棄了，噙著眼淚，看著窗外向後飛掠的景物，聽胡雲龍一路吹著口琴，偶爾扯直嗓子唱流行歌——他似乎祇會唱〈生命如花籃〉和〈南屏晚鐘〉。我不喜歡他是因為我不喜歡被父母拋棄的感覺，他一定也看出來了，唱著唱著停下來，湊近前跟我低聲說：「你爸爸的車就跟在我們後面。」「你爸爸還聽得見我們唱歌呢！」

到了空氣裡充滿硫磺味的目的地，胡雲龍站起身，居然也向我行了個標準的軍禮：「胡雲龍達成任務！」說著，搋起小口琴，拍著胸、拍著他的名牌：「胡雲龍，一條龍，小兄弟後會有期了！」

是基於命名者連同名字而施予的鼓舞和教誨？還是文字在冥冥中就有一種神奇的誘引、激勵之力？我所認識的人裡，但凡以龍字命名的，多少都有些強打精神的豪氣。「龍」這種並不存在的動物據說能興雲布雨，《易經》第一卦就說「雲從龍，風從虎，聖人作而萬物睹」，讓龍與聖人比齊，成為人君的象徵，也引伸成才俊之士、甚至高大之馬、熠耀的星宿、迤邐的山脈、無限的尊榮……都可以稱之為龍。

無限的尊榮。的確，形容詞，《詩經．小雅．蓼蕭》：

「蓼彼蕭斯，零露瀼瀼，既見君子，為龍為光。」這裡的意思說的是目睹諸侯的盛德威儀，感受到及身的榮寵和光輝。龍，在此處就是寵，光榮之意。

讓我們想像：龍這個在甲古文和金文裡頭重尾曲、佝僂其背，有著許許多多異形書體、卻顯得笨重不均的字，幾乎佔據了一切尊仰、崇敬和畏忌的意義。但是，龍的生物性本質卻是完全虛構出來的，這是老古人造字的時候所寓藏的一種暗喻嗎？將世界上最崇高的尊榮歸諸「並不實存」之物。

龍的字形和字義變化既多，分別其形、以區辨其義的使用需求也必然出現。我們可以推測：「龍」和「寵」原來本是一字，在為了表達「光榮」這個字義的時候，略微加以變讀，甚或增添一個「宀」的形符，就使具備歧義的一字正式分化成兩個字了。那麼，下一個問題來了：為什麼所添加的字形是「宀」而非其它？

「宀」和「寵」一樣，不見於甲文與金文，可能是較晚出的形符。在許慎《說文》裡，以「交覆深屋」表之。段玉裁更以後世的建築結構注解「交覆深屋」為：「有堂有室，是為深屋。」有堂有室，房屋既不是孤伶伶的一間、也不是孤伶伶的一排，而是有縱深、有側翼的宅邸了。

「寵」的豪貴之氣並非來自於那變幻莫測的動物——龍；它的意思反而透著些嘲弄：即使是將一個不存在的動物置於交覆深邃的宮室之中，一樣獲致景仰。

我家最近流行這個字。張宜忘了帶便當盒、忘了帶作業、外套、琴譜、甚至忘了帶書包上學，媽媽總要多繞一趟路再給送去。我私下問孩子：「為什麼老是這樣少根筋呢？」

她說：「我是被你們寵壞了罷？」

由下對上的尊崇，居然倒轉成由上對下的縱恣，龍的變化真大，真不可測！

吝

恨收穫者少，惜付出者多的心理狀態

這篇稿子原本不是為了認字、卻是出於傷心而寫的。

純以字言，在《說文》裡，吝是「恨惜」之意。許慎解以「從口，文聲」，明白指稱此字是個半形半聲的形聲字。但是段玉裁注此字，以為「文」不是一個聲符，而該是另一個表意的形符，指的是「凡恨惜者，多文之以口。」這得要先解釋「恨惜」在此處特別指陳的是一種「恨所得（收穫）者少、而惜所與（付出）者多」的心理狀態。那麼，「多文之以口」，用大白話說，則是「恨惜」這種情態雖然可以形之於言語，究竟難以坦率直述，每每要曲為解說，以自掩飾。所以「文」在「吝」這個字中，不應該衹被視為一個聲符，它還抽象地勾勒出小氣鬼的人格特質：用大量的語言或文字來掩飾直口難言的那種貪得無厭、不甘分享的「悢惜」之情。

張容在九歲生日這一天為了不讓媽媽用他的新橡皮擦擦抹張宜的字跡而發了大脾氣，他說得很直接：「橡皮擦是我的，字是妹妹的。」

我告訴他：整整九年前，我的好些朋友們到醫院來探訪，看著嬰兒房裡沉睡著的新生兒，不免問起我怎麼期待這孩子將來的出息。我總說：「沒別的，衹希望他是個健康、正直、大方的人。」

在回憶起九年前的顧盼期許之際，我發了更大的脾氣，歷數張容不與人分享所有的慳吝之事。接著，我讓他拿紙筆寫下日後絕對不許旁人分享的東西。

「你一項一項給我列清楚，從今而後，有甚麼是除了你之外、不能有別人碰的東西。」

張容哭著，想著，最後使勁兒在紙上寫下他九年來所寫過的最大的字：「我的身體」。

他已經明白、也無奈地屈從了我的責備，但是並不服氣。他的意思再明白不過：如果這張紙算是一份合約的話，那麼他的確願意和包括妹妹在內的人分享他所有的東西；不過，同意簽署這一份合約的人（簡直地說：就是他爸爸，我）從今以後也不能以任何形式碰觸他的身體。不論是牽手、摸頭或擁抱。

「你的意思就是說我不能碰到你，是嗎？」

他堅決地點點頭，淚水繼續流著。

「也不能抱你？」

「反正你也快抱不動我了。」他繼續頂嘴。

這真是一次傷心的對話。我猜想不祇他是一個「悢惜」之

送給孩子的字

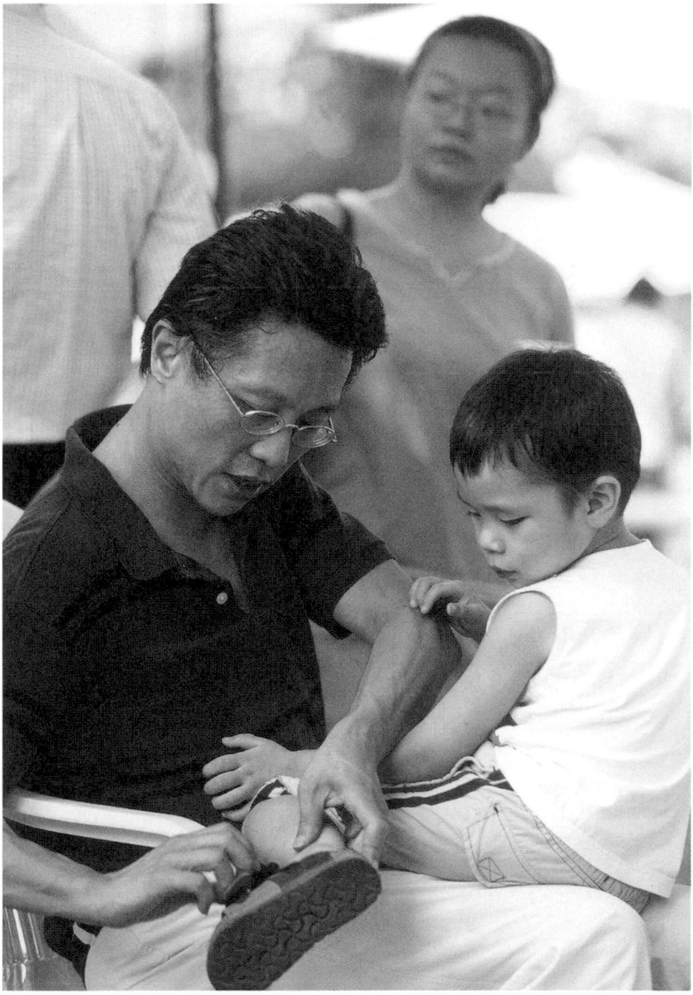

人，我也是的。面對那捨不得分潤於人的個性，我之所以忿忿不平，不也顯示出我十分在乎自己的諄諄教誨之無益嗎？不也是一種「恨所得者少、而惜所與者多」嗎？

我無言以對，避身入書房，抄了一闋幾個月前張容頂嘴之後我所填的詞，調寄〈金縷曲〉，題為「答子」：

側袖揩清淚。
怨阿爹、驚聲雷出，罵人容易。
執手祇堪勤習課，不許流連電視。
纔八歲、情猶如此。
縱使前途無盡藏，料生涯說教平添耳。
無奈我，是孩子。
誰將歲月閒拋棄。

看兒啼、解兒委屈，付吾心事。
稱意青春渾輕放，旦暮逍遙遊戲。
漸老懶、唯存深悔。
詞賦傷心成玩具，便才名空賺仍無謂。
兒頂嘴，我慚愧。

展讀再三，我哭了，發現孩子沒甚麼長進，是因為我沒甚麼長進。

練

將生絲煮熟知後經過曝曬，讓絲質變得柔軟、潔白的過程

一字多義是語言之常。在認識一個字的過程之中，我總喜歡推敲：在某字的諸多意義之中，哪一義最為常用？哪一義最為罕用？當人使用此字之時，常用之義於罕用之義是否會形成排擠？以至於使得字的一部份內容形同殘廢。有趣的是：在和孩子們說文解字的時候，某字之近乎廢棄的某義卻往往因為過於罕見而令人印象深刻。

將生絲煮熟之後經過曝曬，讓絲質變得柔軟、潔白，這個過程叫做「練」，練出來的如果已經是織就的布帛成品，也可以叫做綀。反覆經過水煮、日曬的生繒由黃轉白，發出晶瑩的光芒，老古人在這裡生發了體物之情，以綀字為反覆操演、詳熟或者是經歷過諸般世事的洗禮之後，修成了洞明通達的見識和胸襟。

字符內容的擴充是多方面的。這些引伸的意義紛然出現，不一而足，有些字義的產生，甚至是基於禮教的功能——也許我們還可以倒過來想像：古代中國重視禮教發展出許多繁文縟節的禮儀，會不會是基於一種擴充語言內容的需要和渴望呢？從「綀」之又是一種禮來看，似乎不無可能。

古代父母過世週年祭稱之為「小祥」。謂之「小祥」，意思就是放寬一些在守喪頭一年裡嚴格得近乎懲罰的生活限制（如「疏食水飲，不食菜果」等）。在稍微改善生活品質的內容之中，有一項就是可以穿綀過的布帛，所以小祥之祭又稱為「綀」。

做為父親的我終於找機會把這個「練」字說明白，實則另有目的。我希望透過對於字義發展的瞭解，孩子們能夠體會「反覆從事」的學習過程如何有助於他們的人生。我希望他們能自動自發的把字寫端正、寫工整，希望他們能自動自發地彈琴，希望他們能自動自發地學好四式游泳，希望他們能自動自發地閱讀……我太貪心、而且也太不切乎孩子們的實際了。他們是「忠實的反對練習者」——如果讓他們選一個最討厭的字，恐怕就是「練」字——他們甚至一點兒也不覺得煮過、曬過而變得柔軟潔白的絲織品衣物有甚麼特別的美感。

「這樣吧，」我說：「你們自己從生活裡挑幾件非做不可的事，按照你認為的重要性的順序排出來——而且一定要包括各種學業練習。」

「彈琴也算嗎？」張容說，我點點頭。

「考試也算嗎？」他繼續問，我還是點點頭。

「每天嗎？」張宜說。

我不但點頭，還語氣堅定地答了一聲：「是的！」

答案很快地出來了。張容的排序是：睡、玩、讀、喝、吃、考、練；張宜的排序是：玩、吃、睡、喝、讀、練、考。

我自以為得計，登時板起臉道：「我看你們已經把其它的事都做完了，該做最後兩樣了。」

「不不不，」張宜縮著脖子，瞇著笑彎了的眼睛，衝我不停地擺動食指：「還早還早，還不到『練』的時候！還不到『練』的時候！」

在那一剎之間，我忽然從她的神情裡發現：她加強了語氣的那個「練」字，不是練琴、練字的「練」，而是別有所指——那個她新學會而極其罕用的「小祥」之義！

好罷，我不得不承認：這也算是一種識字的練習吧。

刺

「刺字漫滅」是比喻人懷才不遇的意思

在離家八百公里的香港，一位透過報紙專欄文字而對我略有些期許的讀者在人群中跟我說：「你應該編一本成語辭典。」那是一個作家雲集的座談會後，人擠人、鞋踩鞋、話搶話，我聽得不十分真切，回頭問了一聲：「您說編一本甚麼？」「成語辭典，非常需要，每個人都非常需要。」這位女士加重語氣，拉住我的衣服：「一個字一個字學習太慢，太沒有……」

我猜想她接下來說的是「效率」二字，但是那兩個字當下被另一組人訂約聚會的語詞蓋過去了，她放開手，朝我揮了揮，像是要我別在意，而可以立刻去展開工作了。

我回到八百公里外的家中，面對的第一項工作是幫助張容完成一篇兩百五十個字的讀書報告——《魯賓遜漂流記》讀後。「我認為這本書很驚險刺激，刺怎麼寫？」

「如果你會寫『驚險』兩個字，可以寫『驚險動人』，不一定要寫『驚險刺激』。」我說。

「『驚險刺激』比較像成語，老師說我們應該多練習寫成語。」

我先教孩子寫出了那個「刺」——通常，教寫字的方法是我用語言描繪出個別字符的形狀，讓孩子自己去捕捉，而不是寫給他看，比方說：「『刺』這個字分左右兩邊，左邊寬些；右邊窄些，寬的這一邊上面是一短橫，底下寫一毛巾的巾字，巾字那一豎劃往上得要捅出一字來，底下帶鉤，再給加兩撇小鬍子；窄的這一邊你學過的，就是那個刀字偏旁。」

張容原先很喜歡這種學習方式，因為他可以一面寫、一面得掌握我語言中所傳達的圖像，掌握得精確與否，關係到字形筆畫的比例、結構甚至正誤與否，總帶著些解謎的況味。不過，自從邇來老師大量加重詞彙教學之後，孩子似乎開始對字的組合有了更大的興趣——果不其然，一旦張容會寫這字了，衝口而出的話就是：「『刺』有甚麼成語嗎？規定是要把『刺』放在第一個字的位置才算。」

我立刻想起香港座談會上驚鴻一瞥的那位女士，到了這一刻，我才真正體會到「應該編一本成語辭典」的意思——的確應該有人為我們這些家長們編一本「超級無敵成語王」或者「永遠不被孩子考倒成語大全」隨身當小抄。

我支吾了半天，說：「『刺字漫滅』應該算是一句成語了吧？」

「那是甚麼意思？」張容問。

「這是東漢時代一個叫彌衡的讀書人的故事。彌衡是個有才氣、有學問也非常自負的讀書人，可是他早年的際遇很坎坷，沒有遇上真正能欣賞他、任用他的人。當時的讀書人要去求見大人物，找份差事，都得隨身帶著一張手寫的大名片——」我隨手比劃了一個差不多A4紙張大小的方框，說：「可是彌衡老碰釘子，一張大名片一次又一次投遞出去，卻一次又一次給退回來，到最後，名片上寫的字都給磨得看不見了，還是沒有人願意任用他。『刺字漫滅』就是比喻人懷才不遇，時運不濟的意思。」

「那我們怎樣才會懷才不遇呢？」張容問。

「這個嘛，這個嘛——」我想了一會兒，祇好說：「這是一種大人的心境，到時候你就能體會了。」

「還要寫那麼大一張名片嗎？」

「算了。」我說。我祇能跟香港那位交代我任務的女士說抱歉了。有時問題不在成語的豐富與否，而是人生經驗實難編纂分發，而像大名片這一類的人生經驗竟是一去而永不復回的。

送給孩子的字

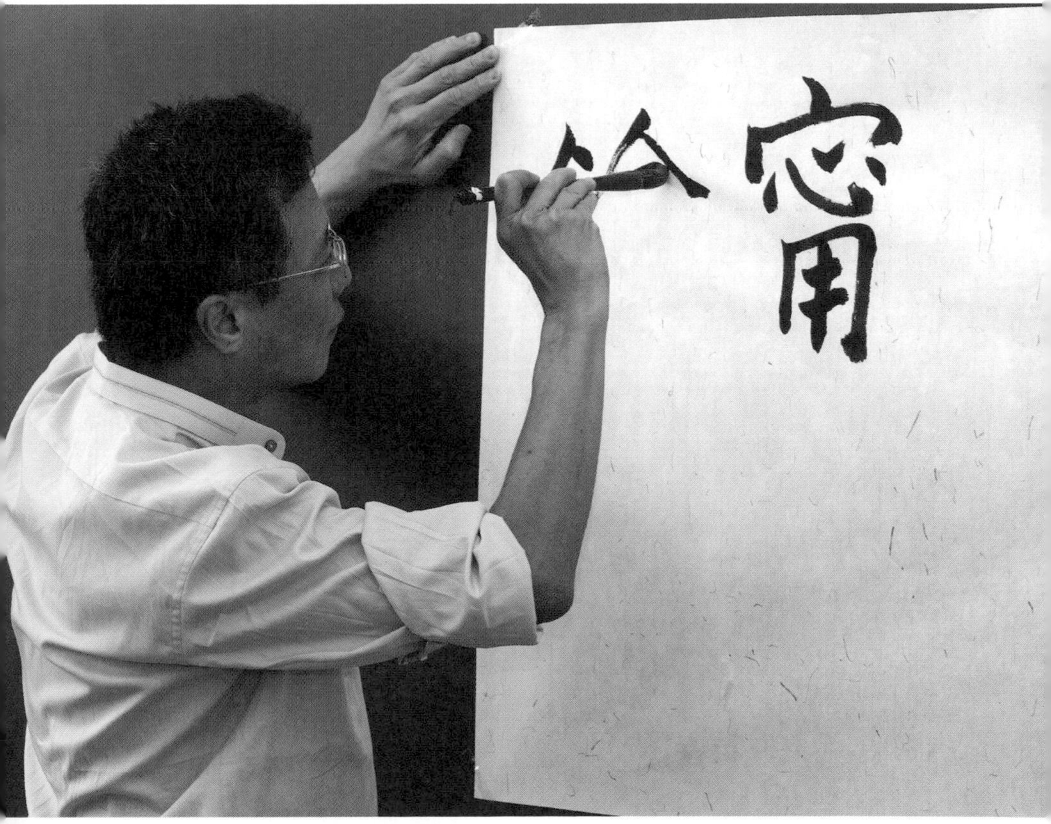

悔

不是祇發生一次的自責自怨，必得是接二連三、避之無地的過失和怨恨

「今天不做，明天要後悔。」

某大建設集團的老闆這樣告訴我們，那是一則帶著諄諄勸誡之意的房地產廣告，從汽車收音機裡飄出來。我初不在意，不料張宜忽然傾身向前，歎了一口氣，幽幽地說：「我每天都在後悔！」

我減緩車行，向路邊停靠了：「你每天都在後悔？這很嚴重呀！你後悔甚麼事呢？」

「很多呀，」張宜說：「字不會寫會後悔，沒有練琴會後悔，考試考不好會後悔，水壺忘記帶會後悔，肚子餓了沒有東西吃也會後悔。反正每件事好像都會後悔——咦？你為什麼不開車了？」

我在想王國維那首詩〈六月二十七日宿硤石〉：「新秋一夜蚊如市，喚起勞人使自思。試問何鄉堪著我，欲求大道況多歧。人生過處唯存悔，知識增時只益疑。欲語此懷誰與共，鼾聲四起鬥離離。」王國維的夫子自道之詞更能表達這一份「人生過處」的無奈和感傷：「余之性質，欲為哲學家則感情苦多而知（智）力苦寡；欲為詩人則又苦感情寡而理性多。」

王國維的一個「悔」字所呈現的是種種交互作用而使人躊躇不前的兩難，他的整個兒人生都籠罩在左支右絀、趑趄不前的矛盾之中。這種「悔」，是在受想行識的糾纏之中自尋煩惱，境界自有其高度，似乎和「每天都在後悔」的一個小孩子距離甚遠。

平日言談之際，往往比妹妹更見幼稚的張容則趕緊插嘴道：「我也常常後悔。記不記得上次跟我打甲蟲機？你教我用『剪刀必殺技』，結果輸了，我也很後悔，我應該出『布』的。我每次打甲蟲機聽你的話都一定會後悔。」

「『每次』嗎？」我不服氣地問：「我沒有幫你算對過嗎？」

「你算錯的我比較會記得。」

「悔」是一個形聲兼會意字。「每」既是「悔」字的聲符，也是這個字主要的意義來源。在甲骨文裡，「每」字可以單獨看成一蓬雜出冗長的野草，那模樣簡直就是「野火燒不盡，春風吹又生」。也可以解為一個看來頭上頂著一叢亂草的女人（母親），那叢亂草頗有抽象的意義，象徵眾子女出自母體，也就是一個接著一個，「眾所從出」的意義。看樣子：「每」字在初民社會裡還有繁衍子女的況味。然而，這是我僅見的一個對於生養眾多子女卻不帶任何祝福之義的字。相反地，從跪著的女人頭上凌亂雜廁的線條看起來，這個母親對於一胎又一胎、漫無止境地生孩子這件事，是感覺不愉快、甚至厭煩的。

所以打從造字之初，「悔」這種情態就已經包含了「屢屢」、「經常」甚至「總是」之意。而且這種一而再、再而三的重複，並不是甚麼愉快的經驗，我們可以根據字面來斷言：「每」不是一個表達頻繁性的中性字。「每」就是重複發生令人痛苦之事的表述。而「悔」，也不是祇發生一次的自責自怨，而必得是接二連三、避之無地的過失和怨恨。

「我們不回家了嗎？」張宜問。

「現在不回家，等一下要後悔，哈哈哈哈！」張容高興地叫起來。

懶詩

要是能體會這懶字的好處，大體上應該是一個愉快的人

王維有一首〈輞川閒居贈裴秀才迪〉：「寒山轉蒼翠，秋水日潺湲。倚仗柴門外，臨風聽暮蟬。渡頭餘落日，墟里上孤煙。復值接輿醉，狂歌五柳前。」收錄在後世許多的選本當中，堪稱唐詩的典例。其中一個選本，是孩子四年級的國語文補充教材。張容跟我說：「這一首要背，可是我背不起來。」「你不是甚麼都能背的嗎？」我問。

「這一首就是背不起來。」他皺著眉，扭曲著身子，像個在揉麵板上自轉的麻花，這是孩子極其不願意面對現實的一種

表現。

「這是一首懶人來找懶人，準備一起吃晚飯的詩。」我說。

麻花兒忽然間挺直了，站成一根油條──張容瞪直了眼：「真的嗎？」

正是適合講講王維的季節。這島上初冬乍到，一時寒意隨雨侵窗，我終於能和孩子說說詩了。那就從「接輿」講起罷。

「先看『接輿』，」我指著詩裡最麻煩的一個詞：「這是一個人的『字』，算是一個人的第二個名字。這人姓陸──跟你乾爹一樣。」

陸通，字接輿，大概是公元前五百年、楚昭王時候的人。當時由於政治紛亂，君令無常，接輿不肯當官，便披散了頭髮，假裝發瘋，躲避朝廷的徵召。正由於此人明明是個做官的階級出身，卻不肯當官，在當時成了件希罕的事，於是人們稱

他「楚狂」。

接著我的手指指向「五柳」：「這是另一個人，大概是『接輿』之後九百年左右了，他叫陶淵明，祇做了八十一天的官，就受不了了，也隱居起來。」

「為什麼他們都不喜歡做官？」

「我想是懶。」我知道這答案給得很懶，但是，我希望張容記得這懶——將來他要是能體會了這懶字的好處，大體上應該是一個愉快的人。

「接輿比五柳早了九百年，可是，王維在寫給裴迪的詩裡卻說：接輿喝醉了跑來五柳面前唱歌，這是怎麼回事？」我的手指在這首五律的末一聯上移動。

「人不可能活九百年，世界上最老的動物是明蛤，比大海龜還老，可以活四百年，從明朝活到現在還活著。」他剛從《小牛頓》上學來的，已經向我賣弄過一次了。

「所以『接輿』喝醉了來找『五柳』是個比喻，是誰和誰的比喻呢？」我問。

張容大概明白了，說：「是王維和裴迪。」

是的。在秋天，山居已經覺得出寒意，大片的林葉因暮色而顯現深暗的層次，山溪的流動之所以清晰，也是因為四下已經漸趨寂靜，衹剩下幾聲蟬鳴。王維拄著楞杖，來到柴門外，等待他的老朋友裴迪過訪，即目之處有落日；而放眼輞川，這時也衹有一戶人家升起了裊裊的炊煙——是王維自己的家嗎？我們並不知道。

「他為什麼要走到柴門外來等裴迪呢？外面不是很冷嗎？」我問。

「因為裴迪遲到了。」

「是的，裴迪為什麼遲到了呢？」

孩子搖搖頭。

「我想是裴迪自己先喝了點酒，醉了。」

張容再讀了兩遍，會背了。離開我的書房之後，我聽見他跟媽媽說：「唉！又被他洗腦了！」

收

捕取

「收」是張容和張宜最不喜歡的字之一。這個偏見是因為他們從小討厭「收玩具」，「收」字意味著歡樂遭追繳，自由受剝奪，愉快的時光即將被迫結束。此外，我得坦白招認：面對孩子的頑皮無計可施的時候，我仍然會出以恫嚇之語：「小心我要收拾人了！」這句話通常有效——也無須諱言，我是從我媽那兒學來的。

若是從文字發展歷程上看，「收」之不算個甚麼好字，是有來歷的。

「收」是形聲兼會意字，左邊的聲符兼具意義，今音讀若「糾」，糾纏繚繞也。右邊的形符「攴」，每解作以手持棍，與「ㄐ」字相比合，就成了「捕取」之意。在古代的經籍之中，作為「拘捕」、「拘監」之意的「收」字可以說俯拾即是：《詩經．大雅．瞻卬》：「此宜無罪，女反收之。」

以繩索纏繚綑縛引伸為逮捕，甚至衍義為掩埋。《左傳．僖公卅二年》蹇叔哭師的一段就有這樣的話，蹇叔對兒子說：「（爾）必死是間，余收爾骨焉！」所以後來的韓愈在那首著名的〈左遷至藍關示侄孫湘〉就有這兩句：「知汝遠來應有意，好收吾骨瘴江邊。」

然而，一旦到了詩裡，「收」字逐漸有了益發擴充、轉折的意思而變化了——而且出人意表地變得美了！

張夢機先生寫詩常令「收」字響動。我每每翻讀他的詩集，總覺得這個字跟蘇東坡和夢機的老師李漁叔有些直承的關係。隨手摭拾二例：東坡有三首「折腰體」，其中一首〈中秋作〉是這樣寫的：「暮雲收盡溢清寒，銀漢無聲轉玉盤。此生此夜不長好，明月明年何處看。」而夢機在〈宿燕子湖作——距東坡泛舟赤壁之夕九百年〉則用了下面這樣的句子：「殘虹收盡千嶂雨，涼颸吹作一湖秋。」

李漁叔有句如此：「夜瓢細酌千家碧，曉鏡平收一嶼青。」，而夢機的〈郊居〉則是這麼寫的：「林坰花築屋廬好，詩卷平收山色青。」

夢機詩中每觸字及「收」，也都斑斕嫵媚——如〈遐想〉：「新收蕉葉堪遮雨，舊拾榆錢好購春。」〈無題〉：「十五年來一惆悵，唯收紅豆種相思。」〈次韻再寄戎庵詩老〉：「欲收山色歸黃卷，默聽江聲換白頭。」〈觀「大陸尋奇」感作〉：「洱海平收秋後雨，秦山涼宿夜來雲。」〈書近況寄諸故人〉：「十年詩卷收花氣，一幅簾波捲樹聲。」〈孟冬述事〉：

「飲澗長虹收晚雨，持杯釃茗洗吟腸。」〈記蘆溝橋〉：「樹影煙光入畫收，北京西去是蘆溝。」至於夢機的近作〈五絕三首〉之中，就有兩首妙用了此字：「月星收一甕，釀作夜班爛。望日如陰晦，持其代玉盤。」「簷鴉銜初陽，朔風搖庭草。詩意紛沓來，收之入孤抱。」

詩裡面的「收」，常帶著些從容不破的興味，輕盈攝入，舒卷自如，所收之物好像並沒有真地被甚麼人佔有；卻又好像十分完整地被接納、容蓄著。不知不覺地，在我自己的詩裡，「收」字也逐漸多了起來。如〈陣風五首之三〉：「窗收十里青青樹，未及羅裳一葉身。」〈七古·石滬〉：「連心盟海收天涯，崖蒼水碧鱗光馳。」〈夜吟伴讀〉：「五十之年昏坎目，自收涼月照天真。」

直到今天，我還沒有告訴張容和張宜這一句：「倏雲收兮雨歇」——它出自王維的〈送神〉：「紛進舞兮堂前。目眷眷兮瓊筵。來不言兮意不傳。作暮雨兮愁空山。悲急管兮思繁弦。神之駕兮儼欲旋。倏雲收兮雨歇。山青青兮水潺湲。」這裡的「收」當然要解釋成「散」——雲散去了；「收」字在這兒完全對反了它的本義。

但是面對著已經散落一地、無法收拾的玩具，此字之別義可是再也不能教給這兩個小傢伙的了！

送給孩子的字

戛

考擊、輕打

我的部落格來了位網友，問我「該選哪家出版社、哪個版本的辭典才好。」我的答覆是：字典並沒有適用於一般人的版本，因為沒有所謂的一般人。會查字典而感到不能滿足的時候，就去換一本較大、較厚的字典。

以現況來說，會用到字典大多基於特定的目的。出版社的編輯桌上會放一本，以便查找連作者都會混淆的用字。我的一個編輯在多年前打電話糾正過我：「麻煩你以後寫稿注意一下：『裡面』的『裡』的部首『衣』字要放在左邊，不要拆開來寫在上下兩邊。」為了便於我記得，她還特別囑咐我：「衣服要放旁邊喲，不要頂頭上喲！」我問她為什麼，她的答覆是：「裡」字是正寫；「裏」字是俗寫。我還要爭辯，她卻說：「你可以去查字典——我桌上就有一本，我已經查過了。」她話裡的意思多少是想替我省點事。

近三十年過去，我從沒想到過自己也該查一查。雖然我已經在大學裡教寫散文，講到修辭的方法，不時還得動用文字學的見解，但凡碰上了「裡」字，我一律寫成「衣服放旁邊」。近年來我也在報紙上寫些教孩子認字的專欄、出版了《認得幾個字》的書，每逢這個字，依樣寫了，從來不曾親手查找過字典。日後改用電腦，寫「裡面」、「裡頭」、「屋裡」、「車裡」……連自用的輸入介面選字都會打出這個「衣服放旁邊」的「裡」字。

直到回答這網友問題的時候，我才翻了翻正中書局出版的

《形音義綜合大字典》，發現字典所言與那編輯所言正好相反：「裏」才是正字，「裡」卻是俗體字。再跟孩子們說解這字的時候，我想我應該會如此說：「上衣下裳，本來就該穿在身上，放旁邊兒幹嘛？」

話說另一頭，縱貫線Super Band是一個非常棒的天團，計畫祇成軍一年，從台北出發，巡迴全中國之後再回到台北。據說這個團的第一首歌〈亡命之徒〉是四位成員聯手創作的，其中李宗盛自作詞的一段裡出現了「曳然而止」的字樣，乍聽之下，以為「曳然」是個新詞兒，作「牽引貌」、「飄搖或超越的情態」，經仔細推敲而知：並不是；因為這幾個意義和「而止」連不上。那麼「曳然而止」是甚麼意思呢？是「戛然而止」的誤寫。

本來一個錯別字無損於「縱貫線Super Band」天團的成就與聲名，但是由此可見，一知半解甚至不知不解地人云亦云似

乎已經是絕大部分人用字遣詞的習慣；甚至連現當代的遊唱詩人——創作歌手——也不能自免了。其情如此：當我不明白自己說的是甚麼的時候，人們卻好像都明白我說的是甚麼，我也就跟著覺得我已經明白自己說了些甚麼。

「戛」這個字，在張宜那巴掌大的小字典裡就有，大字典裡的解釋更詳盡，原本指的是一種長柄的矛，矛尖分岔，略同於戟。之所以寫成這樣，是因為從「首」、從「戈」，上邊的「首」是省略的簡筆。由於是兵器，也有「考擊」、「輕打」的意思。在古語中，這個字發聲短促，大約吻合於敲擊兵刃所發出的聲音。我的朋友郭中一教授告訴我：「戛然而止」本於「戛敔」，古代雅樂終止時會擊奏一種「止樂」的樂器「敔」。進一步再去查考「敔」的形製，就會發現其形如伏虎，背上有金屬或木材的鬣狀物，郭璞注《爾雅·釋樂》中的「所以鼓柷謂之止」時說：「柷如漆桶，方二尺四寸、深一尺八寸，中有椎柄，連底挏之，令左右擊。止者，其椎名。」而唐代的孔穎達解釋《書經．益稷》中的「合止柷敔」時說：「樂之初，擊柷以作之；樂之將末，戛敔以止之。」殆亦指此。到了唐、宋之時，白居易和蘇軾的文章裡面，就用以形容聲音，形容短音用「戛」、形容長音用「戛」，形容聲音忽然爆出而迅速停止也用「戛」。「戛」，一個在聲句中表現特出而具有收束性質的音。

不過，基於對文字長期演化趨勢的理解，我相信「縱貫線Super Band」的威力強大，影響可觀，說不定就從這一首〈亡命之徒〉開始，人們發現「曳然而止」比較好寫，也能夠表達一種「在蒙昧無知的狀態中模模糊糊消失」的感覺，那麼這個「曳然而止」說不定就此完全取代了「戛然而止」，成為一個新鑄而流傳廣遠的四字成語。

我們都有「不知不覺、居然用字」的時候，查字典的行為不知何時會「曳然而止」。

稚

遲熟也

我有時會感嘆孩子幼稚，孩子不是長大了嗎？怎麼還那麼幼稚呢？扭頭一想，孩子又怎麼能不幼稚呢？初生的禾苗、短尾的禽鳥組成了「稚」字。而「稚」的異體字「穉」或「稺」都從「犀」聲，這個聲符有延遲的意思——遲熟也。我們不急，成長總是一步三徘徊的。

「小時候練字積下的毛病，老來會回頭找上你。」我的姑父、書法家歐陽中石先生有一次這麼跟我說。

初聽這話覺得有趣，記下來了，卻不能體會。十七年後，

送給孩子的字

我為過世的父親抄了一部《地藏菩薩本願經》，在大殮之前放入棺木之中。一共兩萬一千多字的經文，用兩寸方圓的褚體正楷書之，原非難事。但是必須將就火化時程，我祇有五天的時間可以畢其工，祇得大致規劃了每天的進度，便沒日沒夜地振筆寫去。寫到第三天上，奇怪的事情發生了。明明寫的是褚遂良，毫尖落紙，無論想要怎麼控制，筆畫一流動，卻總寫成了柳公權的〈玄秘塔〉和〈皇英曲〉——那是我小學時代習字的範帖。

再寫過三、兩千字，連柳也不柳了，祇覺得手中的「管城子」重可千鈞，就是不聽使喚。再一看寫出來的字，真有如初學八法之生疏窳陋，這時我才想起姑父的話來。固然道教經典裡有說：「去老反稚，可得長生」，教人不要儘顧著累積智慧，喪失元神；可是不期而然且難以控制地在轉瞬之間發現自己像個蒙童一樣，堪稱「不會寫字」了，一時間的恐慌焦躁可想而知。在那個當下，我卻沒有餘裕可以稍事放鬆喘息，祇能硬著頭皮、繼續寫下去，直覺一支筆看似在手、實則不在手。就這樣，直寫到最後一天，筆墨才又漸漸回過神來。

每當回憶起抄經這事，我總會覺得是父親在冥冥中助我。一個臨去的靈魂，給我一次在不經意間親歷「熟後生」的鍛鍊——這的確是家傳的老話了——語出董其昌《畫禪室隨筆．畫旨》：「畫與字各有門庭，字可生，畫不可不熟。字須熟後生；畫須熟外熟。」

在董其昌那裡，字之求其生，是要一洗「臨摹既久，全得形似」的老爛與俗套，擺落成法，自出機杼。清代書論家錢泳的看法更大膽，他認為以圓筆構形的篆書才「有義理」——也就是字形的變化能夠曲盡字義的原則；於是錢泳說：「隸書生於篆書，而實是篆書之不肖子」，而真書（楷書）又是隸書的「不肖子」、行書、草書自不待言，「其不肖，更甚於乃祖乃父。」

錢泳的論證之一，就是孩童的書寫。「試以四五歲童子，令之握管，則筆筆是史籀遺文。」這話開拓了一種全新的美學思路，他比董其昌更加激進地揭櫫了二王這一大傳統之外的美學可能：回到不會寫、寫不好、寫不熟的童子筆下，可能正是中國字創發之初的美感狀態——「是其天真，本具古法」。換言之：錢泳顯然以為，應該回到隸書、碑書、楷書以前的中國書法，書家反而要以小孩子初學寫字的生稚、自然為依歸、為旨趣，也就是蘇東坡所謂的「天真爛漫是吾師」了。

可嘆的是：打從那一次抄經的經驗以後，無論我再怎麼努力寫，都寫不出當時的孩子氣來。那看起來生稚得近乎粗劣的幾千個字，成了灰燼，隨著父親的形骸還諸天地無名之處。

背

熟誦之後將所誦之文一字不易地朗聲唸出

打從我還是個小小孩子的時候起，就以為「背」這個字是得抬起下巴才說的。父親總是朝我一抬下巴、一闔眼皮：「背。」背的第一義就是熟誦之後將所誦之文一字不易地朗聲唸出。所謂的熟誦，對象不是文字，而是父親口中唸出的一連串咒語。

《左傳》裡的〈鄭伯克段於鄢〉是這麼學的，〈曹劌論戰〉也是這麼學的。《公羊傳》裡的〈春王正月〉是這麼學的，〈吳子使札來聘〉也是這麼學的。《戰國策》裡的〈馮諼客孟嘗君〉是這麼學的，〈觸讋說趙太后〉也還是這麼學的。這些都算不得甚麼學問，一本《古文觀止》裡通通都收著有。這是先秦；漢以後大概就背了〈前／後出師表〉、〈蘭亭集序〉、〈春夜宴桃李園序〉和〈陋室銘〉，我記得父親他笑呵呵地說過：「能背得了這些，勉強上個小學去了吧。」

我讀大學國文系本科的頭一年裡還問過他：「司馬遷那麼好的文章、歐陽修那麼好的文章、蘇東坡那麼好的文章，你怎麼不趁我當年記憶力好的時候多逼我背幾篇？」老人家還是那麼一抬下巴，答得妙：「我幾時逼你背過誰的文章？」

他這麼一說，我再一琢磨，似才略有所悟。原來當年爺兒倆在晚餐之後杯盤狼藉的飯桌邊你一句、我一句，吟一段兒、復說一段兒的那過程，純粹就是遊戲。對於我是否要通過甚麼樣的考試、進入甚麼樣的學堂、取得甚麼樣的學位、甚至成就甚麼樣的學問——對於這整一些個遠大的理想——父親原本一無所求。

背書，「每日工夫，先考德、次背書」不就是背對著書，將所誦之文朗朗唸出，一種「如歌的行板」嗎？但是父親之所以讓我「背書」，根本不是為了作甚麼「每日工夫」，而是他自己將喜歡讀誦的文章把來和我一塊兒玩樂。

在剛剛結束的這個寒假裡，張容的作業裡有幾項背誦的功課。其中之一是北朝匿名詩人的〈木蘭辭〉。此詩大體五言、六十二句，中有雜七、九言句者。我自己在大二修習文學史一科之際為了應付考試曾經背過，考後隨不復記憶。

「你能背嗎？」我說：「很長呀！」

「『雄兔腳撲朔，雌兔眼迷離。兩兔傍地走，安能辨我是雄雌。』這個我已經會背了。」他很愉快地說。

「這是結尾，前面還有五十八句呢？」

「我現在祇會背兔子的，寒假結束以前應該都會背了。」

我當然知道他一向討厭背學校的功課。但是，他可不可以像我小時候那樣背呢？父親當年是怎麼讓我每一句讀個一兩遍就背得的呢？我想了快半個小時，忽然想通了！喔！是了——父親的用意不是要我「背得」，而是讓我透過他口中的咒語，帶我進入一個想像的世界。那咒語裡的每一個文字音節都對應著一個教養劇場裡最深刻而真實的意義。於是我移坐到窗邊，雙手在胸前滾動起一個隱形的紡紗輪，努力想像著我是一位壯碩而憂傷的少女，口中發出「唧唧、唧唧」的聲音。

「你在幹嘛？」張容問道。

「他說『雞雞』、『雞雞』！」張宜像是逮到了我在作惡一樣得意。

「我是木蘭！」我用女腔繼續著我在〈木蘭辭〉裡的角色，說：「木蘭雖然沒有小雞雞，但這卻是關鍵——『唧唧復唧唧，木蘭當戶織』，這兩句的意思是說……」

附錄

- 希臘・中國・古典的教養
- 作文十問

希臘・中國・古典的教養

「一個沒有探求的生命不值得吾人度過。」

——柏拉圖《辯解篇》

教養有什麼用？西元前三九九年，一群雅典最有教養的公民不是一樣投票判決了蘇格拉底之死嗎？

教養有什麼用？西元前九八年，司馬遷不就是因為拿不出幾十兩金子來自贖死罪，而受了腐刑的嗎？

教養，既不能保障人成就其偉大的人格與智慧，也不能保障人成就其富貴壽考與功名，可是為什麼一代又一代的人們卻總會在教養問題上暴露出巨大的焦慮呢？這樣的焦慮帶動了許多教養之外的事物，比方說公共制度，比方說教育品味，比方說科層文化，比方說知識產業。為了成就一種與時俱變而日新月異的知識能力，我們今天為人父母者就會想盡方法提前讓自己的孩子學器樂、學寫作、學計算、學歌舞，甚至學玩耍——這簡直匪夷所思。然而不及早而大量地將公認有用的教養內容塞給年輕人，似乎我們自己重視而錯過的美好價值便要永遠淪喪了；似乎我們自己欠缺而疏於鍛鍊的重要能力便要拱手讓人了。教養於是轉變成一個焦慮核心，而且舍此無他！

教養不是一本書

聽聽柏拉圖那段老掉牙的教訓罷。柏拉圖的弟子們曾經試圖有系統地將他的學說整理成一部大書，非但未能成就，還受到老師的斥責。柏拉圖在他的第七書信中這樣說：

有人已經寫過，或者試著說明我的哲學探討的意義，有人聽過我的課，有人則是輾轉旁聞於他人，或者自己思索出一些內容。我得這麼說：至少我個人以為，他們根本沒有瞭解事實的真相。關於我的學說，我沒有也不會寫成一本綱要性的著作。因為這些問題不可能被歸納為格式，就像其他的問題一樣，只有在長期接觸之後，大家一起體驗和討論，它們真正的意義才會突然在心靈內點燃起來，就像由一個火花爆發出來的光，之後它自己會生長。

柏拉圖所說的只是一部他不願意寫出來的書嗎？只是哲學問題嗎？我倒覺得他承襲自蘇格拉底的這個命題切切關乎人類教養的全盤態度。正因為教養不是一本書、一套固定的內容，也不只存在于人生的某一階段，更不是來自一個家庭或幾所學校，它是許多深深淺淺、大大小小的實際生活接觸，不斷衝擊著這個會思考的主體，並且通過與他人不斷的「體驗和討論」才得以面對的。柏拉圖的結語從未指涉「解決了」某些問題，他用的是「點燃」——一個火花照亮的比喻。我們甚至可以懷疑：蘇格拉底和柏拉圖並不相信「一部完整的著述」對於教養問題會有正面的意義。因為看

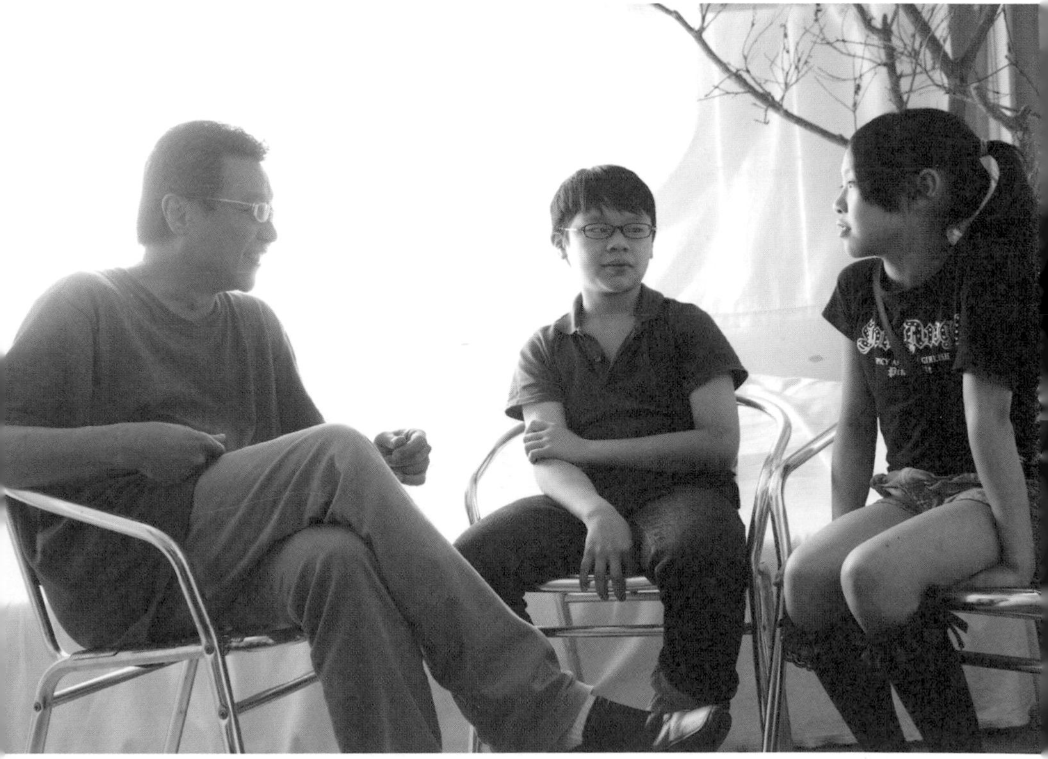

攝影／陳明聖

似完整的「一部著述」，恰恰阻斷了書本之外可能產生的「體驗和討論」。

在中國，平民教育初始之際，也出現了一樣的教養觀。孔老夫子說了：「述而不作，信而好古，竊比于我老彭。」老彭是誰？是一個姓彭的？還是一個騎青牛出函谷關的老子和一個叫彭祖的兩人合稱？歷來聚訟紛紜，我甚至還看過說四川彭山縣江口山為彭祖故居，而彭祖是個水利工程師，在三江地區開發大量可利用江水灌溉的農田，乃至於運用導流工程，讓三江水力對撞，從而遏制洪水氾濫，保護農田云云。這未必是胡說。

好了，孔夫子自比為商代的水利工程技術人員也許有他重視技術實務的深意，這一點我們只能猜想，不好做太多的附會。不過，「述而不作」是很堅決明確的。孔子在中國經術之學上有開創之功，但是他強調「述而不作」則不是謙詞，否則也不至於臨危時說出：「天之將喪斯文也，後死者不得與于斯文也；天之未喪斯文也，匡人其如予何？」（《論語・子罕第九》）「述而不作」，本來就是實論；因為孔夫子在他的教養事業裏，對自我的要求是：「默而識之，學而不厭，誨人不倦。」而「作」——發揮自得的見解——卻也恰恰是在孔子所執著於教養理想的對立面呢！在孔子的學院裏面，對「教」與「學」相互之間所重視的是：「德之不修，學之不講，聞義不能徙，不善不能改，是吾憂也。」換言之，是不斷地「體驗和討論」。

教養在哪裡

基於完全不同的動機，兩個學院傳統的奠基者對完成「一部有體系的思想著作」或者「一部自己的思想著述」的興趣，彷彿遠遠不如直接面對教養實務的興趣。這是一個古老的論理。教養不在知識系統之內，偶爾甚至可以跟知識系統無關，教養總是來自一個值得尊重、追溯與記憶的過去，那裡有已經逝去的思考者遺留下來的、尚未經語言打磨的抽象問題；或者，那裡有風聞中美好的公共生活和個人品質，值得傾慕與再現。所以柏拉圖的學院並非蠻煙自立，裡面實有多少賽來士、畢達哥拉斯、巴門尼德、普羅達哥拉斯乃至蘇格拉底這樣的幽靈，在柏拉圖自己也變成同樣的幽靈之際，懷疑和激辯從未終止，將教養的內容繼續交付給下一代的學者去「體驗和討論」。

至於孔夫子的學院，看似總在朝一個從未實際存在過的堯天舜日匍匐前進，而永無企及之時。然而只要脫離了科舉、脫離了政教、脫離了和權力體制之間相生相應的機制，「夫子之道」始終還在鞏固著人們對教養的基本信念和終極價值，那是親切地體會生活，那是不怨天尤人的信念，那是「吾不試，故藝」，那是「吾少也賤，故多能鄙事」，那是「博學而無所成名」。

「博學而無所成名」——一句帶有詼笑意味的恭維，也可以說是一句帶有恭維意味的詼笑。

重回教養之趣

我這幾年交了幾個熱愛古典詩詞的朋友，打詩鐘、鬥格律、推聲譜、究源流，簡直不亦熱鬧哉。跟外人說起寫古詩來，簡直要被笑煞；但是這幾個朋友一旦劃下道兒來，人人摩拳擦掌，雞鳴雀躍，歡快如少年。

每當我們運用最先進的通訊技術（如E-mail或MSN）在相互傳遞、商量詩作的時候，就會有重回課堂的滿足和憧憬之感，彷彿有一種滋潤著、活潑著日常生活的學習重新啟動了，帶領著一個又一個年逾不惑，偶或知命的中年人回到人生的春天，透過一點兒「用處」都沒有的詩，發覺竟有那麼多的字，自己從來沒有正確使用過；也發覺竟有那麼多的自然和生活經驗，是過去汲汲營營、庸庸碌碌的世俗追求中漠視而錯過了的；甚至還發覺，竟有一種令自己意外的情感驀然降臨，似乎向所未曾擁有。幾個寫詩的人中，一個最稱捷才的朋友說得好：「開始寫詩，才開始接觸了教養。」

我猜想教養——尤其是冠以古典之名而被珍視、供奉著的教養——一定不只是詩而已，孔夫子雖然說「小子，何莫學夫詩？」可是他老人家面對「博學而無所成名」的譏笑之時，卻開起自己的玩笑來，說自己最得意的「專長」可能還是駕車（「吾何執？執御乎？執射乎？吾執御矣！」）。

車夫配個穩婆如何？蘇格拉底的母親是個穩婆，專門幫人接生。蘇格拉底大約是從母親的行當那兒耳濡目染，得著了譬喻式的啟發，他總自稱其求知的方法是「助產術」，並強調：「我不是智者，不會傳授知識，但是能幫助人產生知識。」最為後人所津津樂道的那句名言也很實在：「我唯一知道的事就是我什麼也不知道。」孔夫子不也是這麼說的嗎：「吾有知乎哉？無知也。有鄙夫問於我，空空如也。我叩其兩端而竭焉。」

當然，身為值得尊重、追溯與記憶的歷史的一部分，這些先驅的教養者必然也會暴露出教養內容本身的限制和困惑。當有人太重視「清醒的生活」的時候，便會憂心來自模仿的藝術將要使人脫離計算與紀律，像柏拉圖這樣的教養者就會聲嘶力竭地捍衛他心目中的德行與理性，而劃清了教養的疆域——操場和教室裡都找不著詩、繪畫以及悲劇。也許我們該因此而慶倖這位希臘學院的開山祖師並未真正實踐他的理想國。

類似的限制也出現在孔夫子的學院裡。當他說出「唯女子與小人為難養也，近之則不遜；遠之則怨」的時候，你不但會因為身為女人而感覺不平，只要不是位居權力結構頂尖之人，恐怕都難免於有一點兒義憤——的確！我們這些奴僕一般的大眾小人對那些可望而不可即的大人物是有些情結，然而，「難養」二字是在嘲罵我們嗎？

教養者也總是需要更多的領教。越是從古典中汲取而來的教養，就越是會出現與後世實際人生的時差，我們受教者一方面明知沒有一個「放諸四海而皆準」的綱領，卻仍然試圖在每一點滴的教養過程中抱持「百世以俟聖人而不惑」的守則。好像確立永恆的價值這件事是搞教養的時候分毫釐發不可錯失的。現在更要命的思考邏輯是：如果教養不夠，就會喪失競爭力！

然而，教養的需要會自動展現。我曾在兒子張容七歲時跟他說：「你現在可以開始學一點兒古詩，這是很好玩的教養。」他的答覆是：「我好玩的東西很多，現在真的不需要這個教養。」他說得對。他比我懂教養。

作文十問

每隔一段時間，我就會撞上相同的問題。來問者從不是同一人，所疑問之事、所困之思、所惑之理卻沒甚麼差別。「作文該怎麼寫？」其一也。

許多家長、老師——簡直地說，就是關心孩子在升學考試上能否藉由作文拿高分的人——往往比考生在意。參與考試的孩子多半拿定某種「聽命由天」的主意，因為作文考試無從準備，難以臨時抱佛腳；平日應付各科解題，已有不可堪負之苦，想要精準針對作文考題進行「標靶治療」，恐怕更難於大海撈針了。關於作文，是以有如下之問；遂也只能以應試之心答之。

一・考作文應該嗎？

答：「應該」是一個武斷的詞。某甲之視為應然者，某乙不一定視為應然。以考試的功能性來說，凡是對升學或生存競爭有利者，人們多半不會反對。考作文的應然與否，在這個前提之下就轉化成考題之平易、活潑、切近生活和鍛煉語文能力之精進與否了。我在唸高中的時代，見識過一個大學聯考的作文試題：「風俗之厚薄，繫乎一、二人心之所嚮」。此語源出曾國藩，考後輿論大致認為「略見難度，但是十分具有鑑別學生程度的能力」。還有一個外交人員特考的作文題：「誦詩三百，授之以政，不達；使於四方，不能專對，雖多亦奚以為？」原文出自《論語．子路》，意思是說人的才學貴在能致用，題文也切合外交專業的志業所需，並不冷僻。試問，這樣的題目要是在我們今天所處的環境之中考出來，出題試官豈不要丟飯碗？一個能虛心累積的文化不怕考任何東西，祇有急功近利到不能好奇求知的地步，才會問：「為什麼要考這個？」「為什麼要考那個？」對於考作文有焦慮的人或許應該反像思考：其所焦慮者或許不是寫作的形式，而是「說話」，祇有喪失了語言表達能力的人才不能面對寫作文這件事。考，不是問題。

二・認字的多寡對作文有差別嗎？

答：有的。不過不祇如此；認字的深淺更切切關乎作文的能力。我們的教育體系一向訂有識字程度的量化標準，小學低、中、高年級乃至於國中、高中學生應該認得多少個字，似乎各有定量。然而，幾乎沒有任何正式教材輔助學生理解字源、語彙、形音義構造變遷的種種原理。換言之，學生從一翻開書、拿起筆，就是死寫死記，到頭來，異稟者勝，熟練者佳。但是人們終其一生根本不能認得幾個字本身之所以構其形、得其音、成其義的故事。也正因為識字淺薄，用語俗濫，寫起文章來，當然不免人云亦云了。看來能寫得出幾千個字者，在日常層次上能夠不寫別字、不讀訛音、不會錯義，已屬難能而可貴，但是，這樣究竟能不能算是識字呢？

我是存疑的。

三・作文裡多用成語會比較好嗎？

答：成語的沿習，不應該以多用少用為標準，而是以當用不當用為標準。如果是為了「精簡文字」、「渲染典雅」、「類比故事」甚至刻意「遊戲諧仿」，這都是有動機、有目標地使用成語，自無不可。使用成語的訣竅就是「常行於所當行、止於不可不止」，用得勉強，一如東施效顰，反而弄巧成拙。

四・您個人開始投稿的「啟蒙」？

答：小學二年級投稿給《國語日報》寫〈我最喜歡的水果〉。可是必須招認：當時我寫的是香蕉，心裡想的卻是難得一啃的蘋果。那是一篇言不由衷之文。

五．聽說您小學到中學時候都有寫作文參加徵文活動，請問參加徵文真的有益作文嗎？

答：這是一個值得演繹回應的問題。請容我把「徵文」兩字擴大來發揮。據說：徵文，是為了鼓勵；一般的假設是：得到鼓勵的人會更加有興趣。但是得不到鼓勵的人（數量更多）會不會因而退縮而厭惡寫作文呢？這是要多想想的。徵文乃是為限量發表而設計的活動，不是直接為普及作文教育而設計的活動。我的體會是：學校、社區或者地方教育行政單位以及關心語文養成教育的媒體應該把「徵文」拆解成更多樣的發表活動。以丹麥、北德地區的戲劇學校為例：他們每年舉辦大行的巡迴戲劇節，學生參與、包辦一切節內活動（甚至包括飲食、園藝、環境管理）。把「發表」的意義擴散到全面的語文溝通、創意分享和公共服務之中，學生經由長期的浸潤，經由表演活動的各個語文接觸層面，不祇是學會了寫一種作文，而是學會了幾十種功能不同的書面寫作，其中當然包括了情節天馬行空的虛構的故事、節目單上的廣告文案以迄於社區公園場地申請書。

六．孩子寫作文前可以給他們什麼練習？

答：說話。父母跟孩子們說話是天經地義的事。我建議看到這一個題目的父母：回想一下自己過往跟孩子們說話時經常論及的主題、經常使用的詞彙以及經常遂行的思維邏輯。由於言人人殊，沒有可資比長較短的標準；但是總地說來：如果父母想要幫助孩子、使他們在寫作文的時候少些痛苦、多些愉悅，而且從很小的時候就能體會「準確表達思維、感受」的重要性，就不得不經常地跟孩子們進行廣泛的對話。讓他們盡可能不要暴露在惡質談話內容的環境之中（如觀看電視政論與八卦節目）。

七．對您個人而言，對寫作文最有幫助的事情是什麼？

答：選擇性地閱讀以及造句練習。名家名作似乎是人人有機會接觸的，毋須我多費唇舌介紹。造句練習則是很值得有心的父母帶著孩子一起從事的遊戲。父母可以讓孩子把一句話鋪衍成三句話、五句話、八句話；也可以請孩子將一大段話濃縮成幾句話甚至一句話來表達。老師更可以在作文課上要求孩子用五十個字、一百個字甚或三百個字來發揮一個題目，也可以將現成的一篇名家名作縮寫成幾十個字、甚至幾句話。能夠長短自如地操控語言，才能夠掌握精鍊的文字。

八・對您個人而言，對寫作文最有傷害的事情是什麼？

答：不經思索地說話，以及經常聽那些不經思索而發表的談話。

九・寫作文最痛苦的是構思，請問您有什麼建議？

答：一個題目出現在眼前，它的每一個字與另一個字有著各式各樣的關連。我們往往會從題目中的關鍵字著眼。比方說前文提到的「風俗之厚薄，繫乎一、二人心之所嚮」——風俗明明是長時間裡多數人形成的共識，為什麼會維繫於「一、二人」的心態或意志呢？那麼，這「一、二人」想必是有非常大的影響力的人。應題作文者自然得舉出他所見所聞、所知所識之人，來印證這個論述。以「一、二人」而能形成長時間多數人的共識，那又會是一個怎樣的時代呢？再或者，當大多數人長時間都服膺於「一、二人」心之所嚮，這會不會是一個百花齊放、諸子爭鳴的時代呢？又或者：當「一、二人」對於長時間大多數人的共識有著決定性的影響力的時候，這「一、二人」是不是應該比大多數人更加臨淵履薄、戒慎恐懼呢？更或者：「一、二人」心之所嚮，會不會也是由於更古老悠久的風俗所影響而形成的呢？所謂「構思」不是發明，而是根據已有的寥寥數語，鋪墊出寫文章的人自己的感情和見識。

十．如果面對一個害怕作文的人，您會給他什麼建議？

答：不怕！不怕！沒有人能檢查你的思想，因為你本來就可以胡說八道！

文學森林 LF0013

送給孩子的字

張大春

一九五七年出生，山東濟南人。台灣輔仁大學中文碩士。作品以小說為主。

作品有短篇小說集：《公寓導遊》、《四喜憂國》、《歡喜賊》、《富貴窯》

長篇小說：《沒人寫信給上校》、《撒謊的信徒》、《城邦暴力團》

大頭春系列：《少年大頭春的生活周記》、《我妹妹》、《野孩子》

散文：《尋人啟事》、《小說稗類》、《聆聽父親》、《認得幾個字》

說書系列：《春燈公子》、《戰夏陽》

除了小說創作，近年張大春在電台說書、寫古典詩詞、勤於書法，也參與電視、電影、舞臺劇，近期更參與現代京劇〈水滸一零八〉改編、新編歷史舞台劇《當岳母刺字時……媳婦是不贊成的》監製……等等。

封面內頁攝影　周慶輝
封面內頁美術設計　蔡南昇
副總編輯　梁心愉
企劃主任　詹修蘋

初版一刷　二〇一一年八月一日
初版九刷　二〇一九年十一月二十五日
定價　新臺幣二八〇元

特別感謝光仁國小四年信班陳金鳳導師及全體學生

ThinKingDom 新經典文化

發行人　葉美瑤
出版　新經典圖文傳播有限公司
地址　臺北市中正區重慶南路一段五七號一一樓之四
電話　02-2331-1830　傳真　02-2331-1831
讀者服務信箱　thinkingdomtw@gmail.com
部落格　http://blog.roodo.com/thinkingdom

總經銷　高寶書版集團
地址　臺北市內湖區洲子街八八號三樓
電話　02-2799-2788　傳真　02-2799-0909
海外總經銷　時報文化出版企業股份有限公司
地址　桃園市龜山區萬壽路二段三五一號
電話　02-2306-6842　傳真　02-2304-9301

送給孩子的字／張大春作. -- 初版. -- 臺北市：
新經典圖文傳播, 2011.08
面；　公分. --（文學森林；13）
ISBN 978-986-87036-5-0（平裝）

855　　100013442